경성 최고 화신미용실입니다

오늘의 청소년 문학 34

경성 최고 화신미용실입니다

이호영 지음

다른

차례

†

친애하는 h에게

01. 댕기 머리를 자르고

반듯한 가르마에 꼭꼭 땋아 내린 머리가 단정했다. 할머니가 수를 놓아 준 감색 댕기는 허리춤에서 흔들렸다. 시원스레 솟은 동그란 이마도 오늘따라 댕기 머리에 제법 잘 어울려 보였다.

'그냥 집에 갈까?'

인덕이는 제 얼굴을 거울에 비춰 보다 갑자기 머리채가 아깝단 생각이 들었다. 당장에라도 잡화점에서 뛰어나가고 싶었다.

하지만 곧바로 도리질을 했다. 다 소용없는 생각이었다.

"아저씨, 이제 자르세요."

인덕이는 마른 침을 삼키며 씩씩하게 말했다. 잡화점 주인은 날 선 가위를 인덕이 댕기 머리에 가져다 댔다.

"그래, 내 값은 잘 쳐주마."

싸악싸악.

잡화점 주인의 가위질 몇 번에 머리채가 싹둑 잘려 나갔다. 인덕이의 검은 머리칼이 나풀거렸다. 하지만 인덕이는 자기 머리가 어떤지 감상할 시간 따위 없는 듯 물었다.

"아저씨, 머릿값은 얼마나 주실 거죠?"

"자, 3전."

주인은 손으로 머리카락 무게를 재는 척하더니 금고에서 돈을 꺼내 주었다.

"네? 3전이라고요?"

"그래, 그것도 많이 쳐준 거야. 요즘 너처럼 단발하겠다는 사람이 많아서 시세가 영 좋지 않다."

인덕이는 아차 싶었다. 미리 흥정을 했어야 했는데 급한 마음에 댕기 머리부터 자르고 만 것이다.

"아저씨, 3전은 너무하세요. 그 돈이면 머리 빗으면서 마신 물값도 안 나오겠어요."

인덕이도 주인에게 밀리지 않고 말했다. 주인은 인덕이를 가만히 보더니 순간 표정을 일그러뜨렸다.

"머리에 피도 안 마른 게 흥정을 하려는 게냐?"

인덕이 눈이 머리채를 내민 주인의 눈과 마주쳤다. 야멸찬 눈빛이 얼음장 같았다.

마음속으로 도둑놈 소리가 절로 나왔다. 하지만 인덕이는 그 돈도 못 건질까 걱정되는 마음에 말투를 누그러뜨렸다.

"그게 아니고, 할머니가 편찮으셔서 그래요. 약값으로 쓰려 하니 조금 더 주세요. 네?"

하지만 주인은 3전을 인덕이 앞에 내놓고 가게 안에 있는 다른 손님들을 쳐다보는 척했다. 인덕이도 주위를 두리번거렸다. 양장이나 기모노를 차려입은 일본인 손님 몇이 실랑이가 벌어지나 하고 이쪽을 쳐다보고 있었다.

"아저씨, 사정 좀 봐주십시오. 3전으로는 약 한 첩 못 구합니다."

인덕이는 목소리를 낮추어 주인에게 간청했다. 절박한 눈으로 가게 주인을 올려다보았다.

"거 참, 아침부터 재수 없게! 너랑 실랑이 벌이기 싫으니까, 3전이 싫으면 이거 갖고 나가거라!"

잡화점 주인은 입매를 일그러뜨리며 인덕이의 머리채를 유리장 위에 던져 놓았다. 탐스럽던 검은 머리채가 삭아 빠진 동아줄처럼 이리저리 풀어졌다.

이미 잘린 머리칼을 도로 붙일 수도 없는 노릇이었다. 인덕이는 주인에게 다시 사정했다. 하지만 그럴수록 가게 주인은 더 뻣뻣하게 굴 뿐이었다.

주인과의 실랑이가 이어질수록 인덕이는 코끝이 매워졌다. 할머니를 생각하니 눈물이 솟았다.

겨울부터 시작된 할머니의 기침은 봄이 되어도 멈추질 않았다. 처음에는 고뿔이 들어서인 줄 알고 대추와 파뿌리를 달여 먹었지만, 좋아지는 기미가 없었다. 오히려 날이 갈수록 기침은 쇳소리를 내며 심해질 뿐이었다.

지난밤, 숨이 넘어갈 듯한 기침 뒤에 기어코 할머니 손에 피가 묻어났다. 인덕이는 저에게 전부인 할머니가 잘못될까, 무서운 마음이 들어 밤새 베갯잇을 적셔야 했다.

그런 인덕이가 머리채라도 팔리라 마음먹고 아침부터 들어온 잡화점이었다. 그런데 이건 머리칼을 뜯겨 도둑맞는 꼴이 아닌가.

그때였다.

"그 머리채 내가 좀 봅시다."

카랑카랑한 여인의 목소리가 들렸다. 소리가 난 쪽으로 몸을 돌린 인덕이는 깜짝 놀랐다.

여인은 키가 인덕이보다 머리 하나 반은 더 커 보였고, 허리를 잔뜩 동여맨 파란색 치마를 입고 있었다. 가죽으로 된 뾰족구두는 반들반들 윤이 났다. 곱슬곱슬한 머리에 빈대떡 같은 모자와 검게 칠한 안경까지. 여인의 자태는 예사롭지 않았다.

"아…… 예."

여인의 말 한마디에 잡화점 주인은 자기도 모르게 인덕이의 머리채를 여인에게 내밀었다.

"이 머리채가 3전이라고? 보아하니 아직 흥정 중인 것 같은데. 어떠냐, 나에게 파는 것이?"

여인은 인덕이를 빤히 쳐다보았다.

"예?"

인덕이는 쉽사리 대답하지 못했다. 얼마를 주려나, 하고 눈을 데굴거리며 잠시 생각에 빠졌다. 잡화점 주인은 여인의 차림새를 보고는 바로 장사치다운 웃음을 줄줄 흘렸다.

"아니, 어디에 쓰려고 그러십니까? 머리칼이 필요하시면 제가 좋은 물건을 알아봐 드리지요."

하지만 여인은 장사치는 본체만체하며 인덕이에게만 말을 시켰다.

"내가 내지◆에 납품할 가체를 만들려고 하는데, 요즘 좋은 머리채 보기가 워낙 힘들어서 말이야. 6전을 줄 테니, 내게 팔려무나."

"아니, 이보시오! 내가 아직 흥정 중이었단 말이오!"

주인은 먹잇감을 뺏긴 너구리처럼 성을 내며 재빨리 인덕이와 거래를 하려 들었다.

"얘야, 이 아저씨가 7전을 쳐주마. 머리도 내가 잘라 주었으니, 값도 내가 쳐야 맞지."

"9전이면 어떠니? 경성 바닥을 다 뒤졌지만 이런 탐스러운 머리채는 본 적이 없어."

어느새 흥정은 여인과 잡화점 주인의 것이었다. 여인이 손가방을 뒤적이며 돈을 꺼내려 하자, 주인은 점점 얼굴이 벌게지기 시작했다. 그러더니 우두커니 서 있는 인덕이 손을 덥석 잡고 돈을

◆ 일제 강점기 당시 일본 본토를 일컫던 말.

쥐어 주었다.

"10전, 10전이다. 좋은 게 좋은 거라고, 응?"

'10전이라고?'

인덕이는 입만 벌린 채 여인을 쳐다보았다. 검은 안경 속 여인의 커다란 눈망울이 살짝 보였다. 입매가 살짝 올라간 것이 웃고 있는 건가 싶었는데 여인은 이내 다부지게 입을 앙다물었다. 그러고는 앵도라진 표정을 지었다.

"아휴, 할 수 없네. 내가 졌소."

여인은 속상하다는 듯 뾰족구두를 또각거리며 가게를 나갔다. 인덕이 역시 주인의 마음이 변하기 전에 재빨리 가게를 뛰어나왔다. 손에 10전이 야무지게 쥐어져 있었다.

인덕이는 신작로를 따라 걸어가는 여인을 불렀다.

"잠깐만요, 아가씨!"

인덕이는 여인에게 냉큼 달려갔다. 여인은 방긋 웃더니 이내 검은 안경을 벗었다. 그리고는 왕방울만 한 눈으로 인덕이 얼굴을 이리저리 훑어보았다.

"음, 어디서 많이 본 얼굴인데……. 너, 어디 사니?"

"예? 전 고개 넘어 전포리에 살아요. 그리고 정말 감사합니다."

인덕이는 꾸벅 허리를 굽혀 인사했다.

"뭐가?"

"머리카락값 제대로 받게 해 주신 거요."

"내 덕에 돈 더 받았으니, 2전은 내놓으라면?"

"예에?"

심보 고약한 도둑이 여기에도 있구나. 인덕이는 여인을 불러 세운 게 후회됐다.

"하하하! 아니야. 농담이야. 농담."

여인은 뭐가 그렇게 재미있는지 꺄르륵 웃으며 지나가는 인력거를 잡았다.

"인연이 되면 또 만나자꾸나."

인덕이는 인력거에 몸을 싣고 사라져 가는 여인의 모습이 보이지 않을 때까지 큰길 너머를 바라보았다.

02. 할머니의 손님

약봉을 든 인덕이의 발걸음이 가벼웠다. 머리챗값을 잘 받은 덕에 제대로 된 약 한 첩을 산 것 같아 콧노래가 흥얼흥얼 나왔다. 인덕이는 기침을 하고 있을 할머니 생각에 잰걸음을 쳤다.

"할머니!"

인덕이는 할머니를 부르며 사립문을 열었다. 부엌 아궁이 앞에 쪼그리고 앉아 있던 할머니가 인덕이 기척에 힘겹게 몸을 일으켰다.

"아침 먹고 나가더니 뭐 하다 이제…… 에구머니!"

할머니는 삐죽빼죽 잘리고 헝클어진 단발을 한 인덕이를 보고 자지러지고 말았다. 인덕이는 얼른 다가가 할머니를 부축해서 마루에 앉혀 드렸다.

"너, 그 머, 머리 꼴이, 어찌 된 것이야? 쿨럭, 쿨럭!"

할머니는 기침 때문에 말을 이어 가지 못했다. 이놈의 기침은 한번 잘못 시작되면 숨이 넘어갈 때까지 계속되었다. 기침은 인덕이가 떠 온 물 한 사발로 목을 축이자 겨우 잦아들었다.

인덕이는 약탕기를 찾아 들고 부엌과 마당을 오갔다. 손바닥만 한 부엌에 보잘것없는 살림이지만 바지런한 할머니는 늘 살림살이를 쓸고 닦아 두었다. 정리가 잘 되어 있으니 인덕이도 어려서부터 할머니를 도와 부엌일을 조금씩 해 왔다.

약탕기에 약 달이는 것쯤이야, 인덕이는 내처 약도 제가 달여 볼 참이었다. 아직 풀지도 않은 약봉이 빨리 열어 달라고 재촉하는 것 같았다.

그때 할머니의 목소리가 들렸다. 착 가라앉은 목소리였다.

"너, 이리 와서 앉아."

올 것이 왔구나. 인덕이는 헤실헤실하며 뒤돌아보았다. 할머니의 불호령이 떨어질 걸 알고 웃음으로 일단 모면해 보려 꾀를 써 보는 것이다.

"할머니, 요즘 모던한 여성들은 다 요렇게 단발을 한대요. 저 어때요?"

인덕이는 삐뚤삐뚤한 머리를 귀 뒤로 꽂으며 동그란 눈을 깜빡여 보였다. 할머니는 아무 말 없이 손녀를 바라보았다. 눈가는 꼬깃꼬깃한 주름으로 가득했지만 눈빛만은 깊고 형형했다. 다 알고 있다는 눈이었다. 인덕이는 할머니를 바로 볼 수 없었다.

"누가 너보고 머리카락 팔아 약 사 오라고 했느냐?"

할머니의 언성이 높아졌다.

"아니, 다 큰 처녀가 그런 숭한 꼴로 어찌하려고. 응?"

할머니 미간에 깊은 주름이 잡혔다.

"머리 자르니까 얼마나 가볍고 좋은지 몰라요. 게다가 아침마다 힘들게 댕기 머리 안 땋아도 되고, 머리도 빨리 감고요."

"어이구, 서푼 돈이나 받자고 네가 뭘 판지 모르겠느냐?"

할머니는 한숨을 쉬었다.

"인덕아, 일본 놈들이 우리 땅을 집어삼키고, 조선 사람 머리칼부터 자르게 했다. 위생이다 뭐다 다 핑계야. 그놈들 시커먼 속을 누가 모른다더냐? 조상 대대로 이어져 온 조선인의 넋, 조선인으로서의 자부심 그것을 짓밟으려는 수작이지."

이를 꽉 무는 할머니의 얼굴에 깊은 주름이 잡혔다.

하지만 이번에는 인덕이도 할 말이 있었다.

"할머니두 참, 요즘 세상에 누가 그런 생각을 해요? 짧은 머리가 이쁘게 보이니까 그냥 자르는 거지요. 그깟 머리카락이 뭐가 중요해요? 머리카락을 팔아서 돈을 10전이나 받았어요. 전 팔 수만 있으면 더한 것도 팔 수 있어요."

진심이었다. 인덕이는 할머니에게 더 좋은 약을 구해 주지 못한 게 한스러웠다.

"뭐야? 그깟 돈에 뭘 판다고? 그렇게 돈, 돈 하다 나라가 이 지경이 된 거야. 콜록콜록. 돈에 나라 팔아먹은, 잡놈들이나 하는 소리를 해?"

할머니는 기침 때문인지 인덕이 때문인지 계속 가슴을 두드렸다.

"그깟 돈이라니요? 우린 그 돈이 없어서 할머니 약도 제대로 못 쓰고 있잖아요. 전 학교도 제대로 못 다니고요. 돈만 준다고 하면 순사 앞잡이라도 할……."

찰싹!

별안간 뺨이 화끈거렸다. 인덕이는 말을 채 마치기도 전에 할머니한테 뺨을 맞았다. 할머니가 인덕이를 무서운 눈으로 노려보고 있었다.

"머리칼을 자르고, 조선인으로서 네 정신마저 팔아 버린 게냐? 세상에 돈보다 소중한 것이 있다는 걸 어찌 몰라? 콜록!"

언성을 높이던 할머니는 숨을 몰아쉬며 기침을 참으려 했다. 하지만 기침이 할머니 숨을 쥐어 올렸다.

"몰라요. 몰라. 내가 뭘 잘못했어요? 할머니 약 사 가지고 온 것도 죄예요?"

인덕이는 할머니 말이 들리지 않았다. 할머니랑은 아무 말도 하기 싫어 붉어진 뺨을 싸쥐고 집 밖으로 뛰쳐나갔다.

"인덕아, 인덕아…… 쿨럭쿨럭!"

할머니의 기침 소리가 문밖까지 따라왔다.

'너무해, 할머니가 잘못되면 나는 어쩌라고.'

인덕이는 울면서 달리기 시작했다.

인덕이에게 이 세상에 가족이라곤 할머니뿐이었다. 핏덩이 인덕이를 맡겨 놓고 만주로 떠난 부모님은 생사조차 알지 못했다. 조그만 사진 속 어머니와 아버지의 얼굴을 보고 있자면 그리움이 밀려들었다. 살아 있다는 소식만 들어도 원이 없겠다 싶었다.

하지만 빼앗긴 나라를 구해 보겠다고 저를 홀로 남겨 놓고 떠난 부모님을 생각하면 인덕이는 점점 원망스러운 마음이 커졌다.

'제 가족도 못 지키면서 조선을 지킨다고?'

철이 조금 들면서부터 인덕이는 독립이니 뭐니 하는 소리가 죄 듣기 싫었다.

먹고사는 게 힘들어질수록 돌아가신 만석꾼 할아버지가 살아 계셨으면 어떨까 싶었다. 하지만 대감댁 마님이었던 할머니는 이때껏 인덕이를 키우면서 푸념 한 번이 없었다. 아니 없는 살림에도 늘 인덕이가 먼저였다.

인덕이 역시 그런 할머니가 제 전부였다.

'할머니를 위해서라면 뭐든 할 수 있다는 말이었는데, 조선인의 넋이니 뭐니 보이지도 않는 것들 때문에 손찌검을 하시다니.'

"머리카락이 밥 먹여 주는 것도 아니고."

인덕이는 눈물을 닦으며 마을 어귀에 서서 혼잣말을 했다. 2월의 바람은 눈물을 닦아 낸 뺨에서 더 차갑게 느껴졌다.

다음 날까지도 인덕이는 퉁퉁 부어 있었다. 인덕이는 일부러 할머니에게 말 한마디 건네지 않았다.

할머니는 누룽지를 끓여 아침 밥상을 내밀었다. 하얀 종발에 두부조림이 올라가 있었다. 솜씨 좋은 할머니가 만든 두부 반찬은 인덕이가 제일 좋아하는 것이었다.

'밤새 콩 불려 새벽부터 두부를 만드셨겠지.'

인덕이는 입을 삐죽였지만, 어느새 성난 마음은 달아나 버렸다. 얼른 먹고 약을 달여 드려야겠다는 마음뿐이었다.

따뜻한 두부 한 조각을 오물거리는데 밖에서 소리가 들렸다.

"계십니까."

방문을 열어 보니 신식 한복 차림의 젊은 여인이 조그만 사립문 앞에 서 있었다.

"뉘시오."

할머니는 마당에서 낯선 여인을 맞았다.

그런데 여인은 할머니를 보자마자 "마님!" 했다. 뒤미처 마당으로 발을 들이고 냉큼 큰절을 올리는 것이 아닌가? 고급 양단 치마가 흙에 더러워지는 것 따위는 안중에 없어 보였다.

할머니는 갑작스러운 인사에 얼른 여인을 일으켜 세웠다.

"마님, 저 엽주예요. 오 서방네 막내딸이요."

여인이 할머니의 두 손을 꼭 잡으며 말했다. 그제야 할머니는 여인을 알아본 것 같았다.

"뭐? 네가 엽주란 말이냐? 어느새 이렇게 고운 색시가 되었구나."

할머니는 놀라움과 반가움이 가득한 미소를 지었고, 여인은 눈가에 맺힌 눈물을 훔쳐 내었다.

낯선 손님은 할머니를 따라 방으로 들어왔다. 어색한 몸짓으로 일어난 인덕이가 꾸벅 인사를 하고 부엌으로 나오려는데 여인의 떨리는 목소리가 들렸다.

"역시 아기씨셨군요."

인덕이는 그제야 여인을 찬찬히 보았다. 차림새가 바뀌어서 몰라봤지만, 어제 인덕이를 도와준 바로 그 여인이었다.

"아니, 여긴 어떻게……."

인덕이는 여인과의 인연이 놀랍고 신기했다.

"어쩐지 얼굴이 낯이 익었어요. 작은 마님 얼굴을 꼭 닮으셨네요."

여인이 인덕이 얼굴을 뚫어져라 쳐다본 이유가 있었다. 어디에 사느냐고 물어본 것도.

아랫목에 앉은 오엽주와 할머니는 한참 이야기를 했다.

말을 들어 보니 오엽주는 오래전에 젖먹이 인덕이를 업고 놀아 준 노비였다. 인덕이 할아버지가 내준 재물을 가지고 포목점을 한 부모 덕에 오엽주는 일본 유학까지 다녀왔다고 했다. 그리고 더 큰 세상을 볼수록 제 주인이었던 이가 얼마나 대단한 사람인지 깨닫게 되었다고 했다.

오엽주는 할머니와 서로의 시간을 짜 맞추기라도 하듯 긴긴 이야기를 나누었다.

"마님, 제가 얼마 전 종로 화신백화점에 새로 가게를 열었습니다. 사람들 머리 모양도 만들어 주고, 치장도 해 주는 곳이지요. 미용실이라 부릅니다."

"그럼, 박물 장수 같은 거냐? 쿨럭, 쿨럭, 요새 사람들이 좋아한다는 서양 물건을 파는 게야?"

할머니는 쉽사리 이해가 안 되는지 고개를 갸웃거렸다. 할머니 안색을 살피던 오엽주가 말했다.

"천한 일이라 생각하십니까."

"아니다. 아니야. 쿨럭……."

할머니는 서둘러 부정했지만, 당황한 표정을 감추지 못했다.

일본에 유학까지 다녀와서 사람들 머리를 만져 주고 있다니, 왜 그런 천한 일을 하는지 사실 인덕이도 잘 이해가 되지 않았다.

"마님, 꼭 드리고 싶은 것이 있습니다."

오엽주는 작은 가방을 열어 종이 묶음을 내놓았다. 언뜻 봐도 돈다발이었다. 인덕이와 할머니는 깜짝 놀랐다. 아무리 옛 주인이 고마워도 이렇게까지 돈을 들고 찾아온 사람은 없었기 때문이다.

"마님 덕분에 새로운 세상을 볼 수 있었습니다. 지금 이만큼 사는 것도 모두 대감마님과 큰 마님 은혜지요."

“엽주야. 이 돈은 내가 받을 이유가 없다. 어서 넣어 두어라.”

단칼에 거절이었다. 하지만 인덕이는 못내 아쉬웠다. 저 돈으로 용하다는 의원에 가 봄 직도 하련만.

오엽주는 여러 번 할머니를 설득하다 결국 문을 나서야 했다. 아쉬워하며 돌아가는 오엽주에게 뭐라 말을 하려다 인덕이는 입을 다물었다. 자존심 따위 다 버리고 할머니 병구완에 쓰게 그 돈을 빌려 달라고 말해 볼까, 참느라 혼이 났다.

03. 종로의 풍경이 새로우니

"다식 사세요. 아침에 만들어 온 다식이에요."

시장 입구에서 목청을 높여 보았지만 관심을 보이는 이는 없었다. 어쩌다 힐끗 시선이 부딪힌 사람들도 바삐 제 갈 길을 갈 뿐이었다.

점심시간이 지나니 인덕이는 다식이라도 좀 먹어야 하나 싶을 정도로 배가 고파 왔다. 혼자 장터에 나온 인덕이는 이걸 팔아야 하나, 먹어야 하나 잠깐 망설였다.

결국 콩다식 한 개를 입에 쏙 넣었다. 보들보들한 맛이 삼삼했다. 다식을 먹고 있자니 온 어깨를 들썩이며 반죽을 치대는 할머니의 조그만 등이 눈에 어른거렸다.

돈벌이로 삼기에 더 쉬운 음식도 있었을 텐데, 할머니는 굳이 다식을 만들어 팔자고 했다. 다식은 일단 정성이 반인 간식거리였다. 콩이며 깨, 밤처럼 들어가는 재료도 다양한 데다 모두 하나하나 손질을 해서 고운 가루로 만들어야 했기 때문이다.

인덕이가 만들기 쉬운 주먹밥 같은 걸 팔자고 설득해 봤지만, 할머니는 인덕이 말을 듣지 않았다. 할머니는 옛날 음식을 먹고 싶어 하는 사람들이 아직 있을 거라며 매일 다식을 찍어 냈다. 건강과 복을 기원하는 무늬를 새겨서 말이다.

하지만 다식은 그리 잘 팔리지 않았다. 인덕이와 할머니가 장터에 앉아 있으면 할머니를 알아보는 사람들이 "아이고, 마님." 하며 딱하다는 듯 대여섯 개씩 팔아 주는 게 더 많았다.

오늘은 그나마도 인덕이 혼자 나와 있으니, 주인을 못 만난 다식들이 인덕이와 함께 좌판에서 한숨을 짓고 있는 것이다.

'어휴, 오늘은 아무래도 공친 것 같다.'

장사를 접어야 하나 하고 있는데, 인덕이 머리 위로 작고 동그란 양산이 그림자를 드리웠다.

"아기씨. 장사는 어찌 잘돼 가요?"

올려다보는데 햇살에 인덕이 눈이 핑, 돈다. 해를 본 눈을 끔벅거리자 어슴푸레 얼굴이 보였다. 오엽주였다. 며칠간 매일 인덕이네 집을 드나들더니 오늘은 시장에까지 왔다.

"그 아기씨 소리 그만하라고 했죠. 모르는 사람들이 들으면 욕한다고요. 저도 언니라고 부를 테니, 편하게 이름 부르세요."

인덕이가 그리 이야기를 해도 오엽주는 말을 듣지 않았다. 꼬박 꼬박 존대였다.

인덕이는 무심한 말투로 말했지만, 눈길은 이미 오엽주의 차림새를 훑어보고 있었다.

햇살에 빛나는 검은 머리칼이 귀 뒤로 앙칼지게도 붙어 있었다. 진한 속눈썹은 가지런하게 드리워져 있었는데, 화장을 어찌한 건지 눈, 코, 입 어느 하나 또렷하지 않은 것이 없었다. 긴 살구색 드레스 차림이 더해지니 오엽주는 영화에서 튀어나온 여배우인가 싶을 정도로 고왔다.

인덕이는 자연스레 제 차림새를 보았다. 낡아 빠진 구두에 밑단이 짧은 검은 통치마는 경성 바닥에 널려 있는 차림이니 보고 말고 할 일도 없었다.

머리 모양은 어떤가. 머리 전체가 꼭 지푸라기로 엮은 세모난 초가지붕처럼 보였다. 그러니 오엽주 앞에만 서면 인덕이는 몸이 쪼그라드는 것처럼 부끄러워졌다.

그런데 인덕이와 눈이 마주친 오엽주가 갑자기 크게 웃어 젖히기 시작했다.

"오호호호! 그나저나 아기씨, 그 머리가……."

오엽주는 입을 틀어막으며 웃었다. 인덕이가 잔뜩 노려보니 겨우 웃음을 참아 내는 얼굴을 했다.

"아무리 머릴 빗어도 이래요. 원래 둥둥 잘 뜨는 머리인가 봐요. 그러니까 그리 비웃지 마시라고요."

인덕이 얼굴이 빨개졌다. 맹꽁이처럼 양 볼을 부풀려 제가 화가 났다고 한껏 보여 주고 싶었지만 그러지를 못했다. 화를 낼 힘도 없었다. 배에서는 속없이 꼬르륵 소리가 났다.

오엽주는 인덕이를 물끄러미 보더니 웃음을 거두고 인덕이의 손을 잡았다.

"뭐로든 좀 요기를 하러 가야겠네요."

인덕이는 미처 사양할 겨를도 없이 오엽주의 손에 이끌려 식당으로 향했다. 오엽주는 시장 한쪽 장국 집에 자리를 잡았다.

점심시간이 한참 지난 시간이라 가게 안은 한산했다. 주인 아주머니가 내온 장국 사발이 뽀얀 김을 내뿜었다. 훅, 하고 풍겨 온 고기 국물 냄새가 벌써 맛있게 느껴졌다.

장국을 한술 뜨며 인덕이가 물었다. 별로 안 궁금한데 갑자기 생각나서 물어본다는 듯한 말투로 말이다.

"참, 근데 그런 머리는 어떻게 하는 거예요?"

인덕이의 물음에 오엽주는 숟가락을 놓으며 살며시 웃었다.

"왜? 이렇게 해 보고 싶어요?"

"아, 아니요. 절대 아니에요."

인덕이는 고개를 절레절레 흔들었다. 사실 그렇게까지 부정할 생각은 아니었다. 머리 모양이 참 예쁘다고 생각했었다. 그런데 이상하게 말이 거꾸로 나왔다. 아니라고, 그냥 아닌 것도 아니고 절대 아니라고 말이다.

오엽주 역시 그런 인덕이의 말을 거꾸로 알아들은 것일까? 오엽주는 냉큼 손가방 속에서 제법 도톰한 주머니를 꺼냈다. 그러고는 작은 빗을 찾아 인덕이의 머리를 천천히 빗기 시작했다.

"아얏!"

중간에 머리채가 뜯기는지 따끔따끔했다. 남의 영업집에 와서 빗질을 하다니, 인덕이는 신경이 쓰였다. 장국 집 주인 얼굴을 힐끔거리는데 정작 주인 아주머니는 호기심 가득한 눈으로 오엽주를 쳐다보고 있었다. 화장부터 옷차림새, 머리 모양까지 뭐 하나 평범하지가 않은 게다. 오엽주는 주위 시선에는 도통 관심이 없었다. 그 눈에는 그저 인덕이만 보이는 것 같았다.

"호호. 꼭 엉킨 실뭉치를 빗는 것 같아요."

"아침에 빗고 나왔는데도 그새 엉켰나 봐요."

인덕이가 기어 들어가는 소리로 말했다. 사실 인덕이는 이 단발을 손질하기 쉽지 않았다. 귀에 걸친 머리칼은 너무 짧아서 제 갈 길을 모르고 마구 뻗쳐 있었다.

잠시 후, 오엽주는 분홍 주머니를 뒤적거렸다. 작은 머리핀 몇 개를 인덕이 머리에 꽂는가 싶더니, 다시 무언가를 바르고 또 빗고……. 재빠른 손놀림이었다.

"사람마다 모발이 다 달라요. 아기씨 머리는 까맣고 윤기가 나는 생머리라 참깨 기름을 써서 이렇게 붙여 주면 더 곱죠."

순식간에 머리를 정돈하고, 오엽주는 다시 주머니 안에서 분과

입술연지를 꺼냈다.

"사람들 앞에 설 때는 이 정도 화장을 하는 것도 좋을 것 같아요."

오엽주는 인덕이의 얼굴에 통통통 분을 두드렸다. 볼에 닿는 분이 쌀가루처럼 보드라웠다.

가까이 온 오엽주에게서 좋은 향기가 났다. 인덕이는 누군가 자기에게 화장을 해 준 게 처음이었다. 이렇게 코앞에서 다른 사람 얼굴을 마주하니 눈을 어디에 두어야 할지 몰라 피식 바람 빠지는 웃음만 나왔다.

"웃지 말고, 우, 해 보세요."

"우우."

오엽주의 말에 인덕이는 웃음을 삼키고 입술을 내밀었다. 오엽주는 인덕이의 조그만 입술에 살짝 연지를 발랐다. 잘 익은 석류 색깔이었다. 인덕이의 입안에 희미하게 연지 향이 번졌다. 화장품은 맛이 없었다.

"자, 됐어요."

오엽주는 동그란 손거울을 들었다.

'저 조그만 주머니에 없는 게 없구나.'

인덕이는 요술 주머니 속에 또 뭐가 들어 있을지 궁금했다.

인덕이는 작은 동그라미 거울 속에서 자기 얼굴을 찾았다. 뽀얀 얼굴에 봉숭아 같은 입술을 한 제 얼굴이 보였다.

"와……."

작은 탄성이 터졌다.

짧은 머리를 귀 뒤로 넘겨 놓으니 제법 세련되고 성숙해 보였다. 언젠가 레코드 가게 앞을 지나가다 본 가수처럼 보이기도 했다.

"신기해요. 요술을 부리는 것처럼. 뚝딱뚝딱."

"맘에 드세요?"

인덕이는 고개를 끄덕였다.

"제가 하는 일이 이런 일입니다. 사람들을 아름답게 만들어 주는 일이지요."

오엽주의 말 속에 자부심이 느껴졌다. 이런 솜씨면 밥은 굶지 않을 것 같았다. 인덕이는 오엽주를 두고 어렸을 적부터 손이 재빠르고 엽렵한 아이였다던 할머니 칭찬이 기억이 났다.

"그래, 아기씨는 앞으로 뭘 하고 싶으세요?"

"하고 싶은 거 생각해 본 적 없어요. 생각한다고 내 맘대로 되는 것도 아니고."

인덕이는 남은 장국을 오물거렸다. 입술연지가 지워질까 최대한 조심하며 먹는 중이었다. 입술을 쭉 내밀고 장국을 먹으니 빨간 입술만 허공에 둥둥 떠 있는 듯했다.

"아니 왜요? 생각을 해야 마음도 정할 게 아닙니까."

오엽주는 인덕이 앞에 엽차를 한 잔 따라 놓으며 말했다.

"돈이 없으니까요. 돈이 있어야 학교도 더 다니고 하고 싶은 걸 찾아보죠."

인덕이는 깍두기 하나를 겨우 집어 오물거렸다. 하지만 오엽주는 음식은 뜨는 둥 마는 둥 하며 이야기를 이어 갔다.

"돈이 생기면 하고 싶은 게 생길 것 같으세요? 그럼 돈을 먼저 벌어야겠군요."

"난 돈 생기면 할머니 병원부터 모시고 갈 거예요."

인덕이의 말에 오엽주는 서둘러 일어났다.

"그럼, 일단 다식부터 팔러 갈까요."

"에? 오늘 다식은 안 팔릴 것 같아요. 날이 아니라니까요."

인덕이의 만류에도 오엽주는 다식 좌판을 챙겨 서둘러 거리로 나왔다. 그러고는 인력거를 잡으려 팔을 흔들었다.

"종로로 갑시다."

두 사람을 실은 인력거는 뿌연 먼지를 내며 달리기 시작했다.

인력거가 익숙하지 않은 탓에 인덕이는 인력거가 살짝 덜컹거리기만 해도 손에 땀이 쥐어졌다. 공중 곡예를 하고 있는 것 같았다. 오엽주는 자상한 말투로 물었다.

"왜 시장에서 다식이 잘 안 팔리는지 생각해 본 적 있어요?"

"서양과자나 일본식 화과자 같은 게 조선에 들어와서 사람들이 안 사 먹는 거 아닌가요? 구식이라……."

"아니요, 그런 외국산 과자는 너무 비싸서 경성에서도 아무나 못 사 먹어요."

"그럼요?"

"다식은 양반네들이 즐겼던 고급 과자예요. 그걸 사서 먹을 줄 아는 사람들에게 팔아야지요."

'그렇구나.'

인덕이는 한 번도 생각해 보지 못했다. 아니 알려고 해 본 적도 없었다. 왜 안 팔리는지, 어떻게 하면 더 잘 팔릴지, 하는 것들 말이다.

하지만 인덕이는 이 시간에 종로에 가서 뭘 어쩌자는 건지 알 수가 없었다. 다만 종로로 향하는 길의 낯익은 풍경들이 오늘따라 무척 새롭게 느껴질 뿐이었다.

04. 인생의 봄

노란 꽃잎 붉은 꽃잎 봄 따라 피고

인생의 봄 청춘이라 내 마음도 피네

새벽이슬 맞아 가며 곱게 피여서

인생의 봄 청춘을 노래 부르세◆

오후의 종로는 사람들로 붐볐다. 근처에 레코드 가게가 있는지 경쾌한 가락 속에 낭랑한 목소리가 흘러나오고 있었다.

큰 도로에는 전차와 자동차, 우마차와 인력거가 한데 뒤엉켜 있었다. 신작로 양쪽으로는 높다란 서양식 건물들이 줄지어 있었다. 그런 덕분에 종로는 장날보다 더 떠들썩해 보였다.

오엽주는 인덕이와 함께 골목으로 한 걸음 들어갔다. 골목 안

◆ 왕수복의 가요 <인생의 봄>, 1933년 곡.

은 음식점과 다방, 포목점과 시계점 같은 가게들로 빽빽했다. 큰 길과는 또 다른 분위기였다. 다들 무엇이 그리 바쁜지 사람들 발걸음이 죄다 분주해 보였다. 오엽주는 가게와 가게 사이에 짐을 풀었다.

"여기에서 다식을 팔면 되겠어요."

"네? 길 한복판에서 다식을 팔자고요?"

인덕이가 말릴 새도 없었다. 좌판이라고 해 봐야 개다리소반에 보자기를 깔고 그 위에 채반을 올려놓는 게 전부였다.

자리를 펴 놓기 무섭게 오엽주는 길 건너 잡화점에 들어가 서양식 접시 몇 개를 사 왔다. 하얀 접시에 올라갔을 뿐인데 다식이 달리 보였다. 훨씬 먹음직해 보였다.

"물건은 포장하기 나름입니다. 그걸 파는 사람 역시 꾸미기 나름이고요. 이제 아기씨가 다식을 팔아 보세요."

오엽주는 양산을 펴 들고 좌판 앞에 서 있었다. 모르는 사람이 보면 다식을 사려는 사람처럼 보일 터였다.

인덕이는 몹시 당황했다. 밑도 끝도 없이 종로 한복판에서 다식을 팔라니. 종로에서 다식을 파는 것은 시장에서와는 완전히 다른 느낌이었다.

인덕이는 깔깔 웃으며 걷는 또래 여학생들의 눈초리가 다 자기를 향하는 것 같았다. 지나가는 모던보이들이 중절모를 벗으며 짓궂게 윙크를 하자, 인덕이 얼굴은 당장 홍시 색깔이 되었다. 인덕이는 차라리 땅바닥을 보자, 하고 애꿎은 바닥만 파고 있었다.

그때 다방에 들어가려던 한 중년 여인이 발걸음을 돌려 인덕이 앞에 섰다.

“이거 다식이니?”

여인은 다식을 보고 반가운 손님을 보듯 눈을 반짝였다.

“네. 아침에 집에서 만들어 온 것입니다.”

인덕이는 애써 싹싹한 미소를 지었다.

“내 어릴 때 오미자로 색을 낸 연짓빛 다식을 참 좋아했는데, 이렇게 보니 반갑네.”

여인이 다식을 보며 아련한 표정을 짓자 오엽주는 옳다구나 하고 맞장구를 쳤다.

“어머, 저도 그래요. 호호. 실례가 안 되면 하나 먹어 봐도 될까, 아가씨?”

바람잡이 노릇을 하던 오엽주가 별안간 인덕이의 다식으로 인심을 쓰고 있었다. 인덕이는 조금 아까운 마음이 들었지만 티를 낼 수도 없는 노릇이었다. 인덕이는 손님에게 다식을 내밀었다.

“사지도 않을 건데……. 그래도 될까?”

여인은 싫지 않은 눈치였다. 얼른 다식을 입에 넣고 싱긋 웃었다. 그리고는 다식 맛에 흠뻑 빠진 듯 작은 콧소리를 내었다.

“흐음! 어쩜 이렇게 부드러워? 제대로 만들었네.”

“오미자즙에 꿀을 적당히 섞은 다음에 그 물로 반죽을 하면 그리됩니다."

여인이 어찌나 맛깔나게 먹는지, 인덕이는 그 모습을 보고 자기도 모르게 말이 튀어나왔다.

"이걸 어린 아가씨가 만든 거야? 세련된 헤어스타일만큼 솜씨도 무척 좋네. 아주 손이 야무진가 봐."

낯선 칭찬에 인덕이는 얼굴이 발그레해졌다. 듣기 싫지 않았다. 칭찬을 듣고 긴장이 풀린 걸까. 인덕이는 저도 모를 소리를 술술 했다.

"이 다식은 적당히 달콤해서 향이 좋은 커피랑도 잘 어울릴 것 같습니다."

물론 인덕이는 커피 한 방울도 마셔 본 적이 없었다. 쓰디쓴 커피를 마시는 게 경성에서 유행하고 있다는 걸 알고 있을 뿐이었다.

"커피랑 다식? 그러게, 꽤 잘 어울릴 것 같네요."

오엽주는 제법 놀라는 얼굴로 인덕이에게 눈을 찡긋했다.

"그래요? 그럼, 이 다식은 내가 다 사야겠네. 나 이 다방 사장이거든."

여인은 좌판 뒤 건물을 가리켰다. 아로마 다방. 하얀 벽에 또박또박 조선말로 이름이 새겨져 있었다. 여인은 냉큼 지폐 한 장을 내밀었다.

"오늘 우리 다방에 온 문인들은 다 땡잡았네. 예쁜 아가씨 덕에 귀한 다식도 먹고 말이야."

그러고 나서 여인은 다식을 싸서 총총히 다방 안으로 들어갔다.

채반이 가벼워진 만큼 인덕이 마음도 날아갈 것 같았다. 인덕이는 오엽주의 두 손을 붙들었다.

"다 팔아서 속이 후련해요. 그런데 어떻게 다방 앞에서 팔 생각을 했어요? 다방 주인이 올 줄 알았어요? 이 돈이면 할머니 드실 고기도 살 수 있겠어요."

인덕이는 신이 나서 나불거렸다. 다식을 더 만들어 당장 종로로 가지고 오고 싶을 정도였다. 마음이 잔뜩 들떠 있었다.

"장사가 이렇게 재미있는지 몰랐어요."

인덕이는 몇 걸음 걷다 가게 유리창에 비춘 자기 얼굴을 보았다. 까만 단발에 붉은빛 입술, 낯선 얼굴이었다. 그 얼굴이 활짝 웃고 있었다.

인덕이는 작은 개다리소반과 채반을 챙겨서 두어 걸음 앞서가는 오엽주의 뒤를 좇았다.

"언니. 같이 가요!"

아주 오랜만에 소고기 뭇국이 상에 올랐다. 마님에게 저녁을 지어 드린다며 부지런을 떤 오엽주 덕에 저녁상이 푸짐했다. 할머니는 저녁만 차려 놓고 간다는 오엽주를 붙잡았다. 소복한 밥과 소고기 뭇국이 오엽주의 마음처럼 따뜻했다. 식사를 마칠 때쯤, 인덕이는 결심한 듯 할머니에게 말을 꺼냈다.

"할머니, 저 엽주 언니한테 가서 일을 배워 보고 싶어요."

"뭐라고? 네가 뭘 배운다는 소리인 게야?"

할머니는 오엽주와 인덕이를 번갈아 보았다. 별안간 이게 무슨 소리인가 하는 얼굴이었다.

"엽주 언니는 신식 미용 기술을 배워 왔대요. 전 언니에게 그걸 배워 보고 싶어요."

"안 된다. 오늘 엽주와 종로에 다녀왔다더니, 철없는 소리를 하고 있구나."

할머니는 오엽주를 힐끗 보더니 인덕이를 타이르듯 말했다. 엽주가 무슨 이야기든 해서 인덕이를 말려 주기를 바라고 있는 눈치였다.

"왜요? 사람들 치장해 주는 기술도 배우고, 돈도 벌면 좋잖아요."

"네가 어떻게 다른 사람들 머리를 만진다고 그래. 그건 아무나 하는 일이 아니야."

"저도 해 보고 싶어요. 할머니. 네에?"

인덕이가 말을 길게 늘이며 할머니에게 아양을 떨었다.

"마님."

오엽주가 드디어 꾹 다문 입을 열었다.

뭐라 말하려나. 인덕이는 오엽주의 다음 말을 기다리는 동안 가슴이 두방망이질 쳤다. 할머니도 오엽주를 바라볼 뿐이었다.

"마님, 아기씨를 제게 맡겨 주십시오."

오엽주는 무릎을 꿇어 앉음새를 고쳤다. 할머니에게 고개를 조아리고 있었다.

"엽주, 너까지? 듣기 싫다. 더는 그런 소리 마라!"

할머니는 천장을 올려다본 채 눈을 감았다.

'할머니가 고집을 세울 때는 늘 저렇게 눈을 감으시는데…….'

인덕이는 뭐라 더 말해야 좋을지 몰라 옆에 앉은 오엽주 얼굴만 보고 있었다. 무슨 말이든 더 해 봐요. 인덕이가 눈짓으로 말했다.

하지만 오엽주도 할머니의 눈치를 보고 더 이상 입을 떼지 못했다.

할머니도, 인덕이도, 오엽주도 아무 말하지 않은 채 시간이 흘렀다. 똑닥딱닥, 똑딱똑딱, 어느 집 다듬잇돌 소리만 귓가에 어른어른했다.

"허이구……."

할머니는 등을 돌리더니 한숨만 쉬었다. 오엽주가 돌아간 뒤에도 마찬가지였다.

인덕이는 할머니가 왜 그리 완강하게 반대를 하는지 이해가 되지 않았다.

옛날에는 한양에서 알아주는 명문가였는지 몰라도, 지금은 처지가 달라졌다. 가세가 기울어서 인덕이는 보통학교도 겨우 졸업

했다.

'무슨 기술이든 배워서 돈도 벌고 할머니 약도 사면 좋으련만 왜 할머니는 계속 반대를 하실까?'

인덕이는 이리저리 뒤척이느라 밤새 깊은 잠을 자지 못했다.

다음 날부터 인덕이는 작심하고 밥을 먹지 않았다. 아니 물도 한 사발 마시지 않고 종일 이부자리에 누워 있었다.

"밥도 안 먹을 셈이냐? 할미 마음 아프게 하려고 그래?"

할머니도 처음에는 좋은 말로 인덕이를 달랬다.

하지만 인덕이가 저녁때가 지나도록 입을 꾹 다물고 누워만 있자 결국 큰소리가 났다.

"이제껏 키워 놓았더니 어디서 못된 버르장머리를 부리는 게야? 이 집에서 할미 말 안 듣고 살려거든, 나가거라! 어서 나가래두?"

할머니는 방문을 열어젖히며 호통을 쳤다.

인덕이는 속으로 뜨끔했다. 할머니가 이렇게까지 화를 낼 줄은 몰랐다.

할머니 치맛단이라도 붙들고 다시 사정을 해 볼까, 아니면 끝까지 고집대로 밀고 나갈까? 어떻게 해야 할머니를 설득할 수 있을까?

인덕이는 눈을 내리깔고 이리저리 머리를 굴려 보았다.

"나가라시니 나가겠습니다."

인덕이는 큰 결심을 한 듯 입술을 깨물고는 마당으로 걸어 나갔다. 그러고는 싸리문 바로 바깥쪽에 무릎을 꿇고 앉았다. 얇은 홑적삼 차림이었다.

"할머니가 허락해 주실 때까지 여기 있을 겁니다."

할머니는 노여워하는 눈으로 인덕이를 흘겨보더니 쾅, 하고 방문을 닫아 버렸다.

2월의 밤공기는 이상하리만치 차가웠다. 혹독한 겨울 추위보다 더 무서운 게 이맘때 추위라더니, 인덕이 온몸에 으스스한 냉기가 서렸다.

얼마 지나지 않아 두 다리에는 피가 통하지 않아 아무 느낌이 없었다. 아무리 호호 입김을 불며 손을 비벼 보아도 손에는 온기 한 점 느껴지지 않았다.

어느 집에선가 늦은 저녁을 짓는 모양이었다. 맛난 된장국 냄새가 났다. 냄새 때문인지 인덕이는 갑자기 허기가 느껴지고, 머릿속이 아득해졌다. 눈을 뜨고 있는데도 눈을 감고 있는 양 몸이 흔들흔들했다.

그때 눈앞에 하얀 김이 풀풀 솟아나는 바가지가 보였다.

고개를 들어 보니 할머니였다.

"고집하고는! 누가 지 에미 애비 자식 아니랄까 봐. 어휴."

할머니는 한숨을 내쉬며 인덕이에게 말간 숭늉을 마시게 했다.

"정말로 남 머리 만지는 일을 해 보고 싶으냐? 그게 뭔 줄 알고 하려는 게야?"

"그게 뭔지 모르니까 한번 해 보려고요. 저 정말 해 보고 싶어요. 할머니."

할머니는 천천히 인덕이를 일으켰다.

"그럼, 딱 6개월 동안 배워 보고, 아니다 싶으면 그만하는 거야. 알겠지?"

할머니의 허락이 떨어지자 인덕이는 와락 할머니 품에 뛰어들었다. 오그라든 어깨와 팔이 말을 잘 듣진 않았지만, 달덩이같이 환한 미소가 인덕이 얼굴에 가득했다.

05. 화신미용실 수습생

갈색 여닫이문의 가운데에 끼워진 희끄무레한 유리에는 '화신미용실'이라고 한자로 쓰여 있었다. 인덕이는 들고 온 보따리를 내려놓고 문 앞에서 잠깐 숨을 골랐다.

문을 열고 들어가면 어떤 풍경이 기다리고 있을지 몰라 인덕이는 쉽사리 문을 열 수 없었다. 잠깐 망설이다 떨리는 마음으로 손잡이를 밀었다.

실내에는 꽃향기인지 과일 향인지 알 수 없는 향이 가득했다. 보드라운 분 냄새 같기도 하고, 어찌 맡으면 약방 냄새 같기도 했다.

미용실 안은 신비한 거울 나라 같았다. 거울이 세 조각씩 잇대져 있는 삼면경이 벽면마다 붙어 있었다. 전신을 비추는 커다란 거울이었다. 가게 가운데에는 진한 녹색 비로드 천으로 싸인 긴 의자가 이국적인 모습을 뽐내고 있었다.

또 알 수 없는 이상한 기계들이 미용실 곳곳에 자리 잡고 있었는데, 인덕이는 그 기계들이 어디에 쓰는 물건인지 상상조차 되지 않았다. 작은 테이블 위에는 가위와 집게 같은 것들이 나란히 놓여 있었다.

안경을 쓴 오엽주가 수습생들에게 무엇인가를 이야기하는 중이었다. 오엽주는 가게로 들어서는 인덕이를 보고 이리 오라는 손짓을 했다.

"어제 이야기했지. 오늘부터 우리 화신미용실에서 일할 새로운 동료란다. 서로 인사하렴."

오엽주는 하얀 앞치마를 한 수습생들을 보고 말했다. 반질반질하게 손질된 단발머리를 한 수습생들은 깎아 놓은 밤톨처럼 말끔해 보였다. 화장을 해서인지 그들은 인덕이보다 적어도 대여섯 살은 많아 보였다.

뽀얀 피부에 새침한 얼굴을 한 수습생이 인덕이를 향해 고개를 까닥했다.

"난 이향심이라고 한다."

인덕이는 자신의 행색을 위아래로 훑어보는 향심이의 눈길이 썩 기분 좋지는 않았다. 이어서 주근깨 가득한 수습생이 눈웃음을 지으며 인사를 건넸다.

"난 임미정이라고 해. 잘 지내 보자."

"전 김인덕이라고 합니다. 열넷이고요. 앞으로 잘 부탁드립니다."

인덕이는 잔뜩 긴장한 채 허리를 굽혔다. 그렇게 인사하는 인덕이의 모습이 우스웠는지 미정이는 입을 가리고 웃었다. 향심이는 무관심한 표정이었다.

오엽주는 안경을 끌어올리며 날카롭게 말했다.

"처음 일을 시작하는 단계니까, 아무리 하찮은 일이라도 배운다는 마음가짐으로 최선을 다하도록 해라."

오엽주의 눈이 매서워 보였다. 수습생 사이에서 긴장이 느껴졌다. 인덕이도 덩달아 허리가 꼿꼿이 섰다.

준비실로 온 인덕이는 향심이의 안내를 받았다. 낯선 기구들과 약품들까지 알아야 할 것이 많았다. 해야 할 일과 해서는 안 되는 일도 한두 가지가 아니었다.

"자, 여기 네 앞치마."

향심이가 하얀 앞치마를 내밀었다. 인덕이는 설레는 마음으로 앞치마를 둘렀다.

'드디어, 시작되었구나. 화신미용실 생활이!'

가슴 속에 뜨끈한 무엇인가가 솟아오르는 느낌이었다.

인덕이는 오전 내내 수건을 빨고, 바닥을 쓸고, 갖가지 미용실 용품을 정리했다. 손님이 들어올 때마다 부리나케 인사를 했고, 차나 음료를 내다 주었다.

끼니도 챙기지 못하고 손님 수발을 들다가, 저녁때가 되어서야 주먹밥 하나를 겨우 먹을 수 있었다. 그나마 미용실 구석에 숨어서 먹는 주먹밥은 입으로 들어가는지 코로 들어가는지도 알 수 없었다.

그렇게 며칠이 지났을까. 오엽주가 찻잔을 씻고 있는 인덕이를 불렀다.

"이번에는 인덕이가 내 옆에 서서 보조를 하도록 해라."

드디어 첫 손님인가? 인덕이는 가슴이 콩닥거렸다.

"일단은 옆에서 잘 보고 있다가, 내가 시키는 것만 하렴."

오엽주의 보조로 일을 시작하게 되다니, 인덕이는 진짜 미용사가 된 느낌이 들었다.

인덕이가 처음 맞이한 손님은 하인을 둘씩이나 대동하고 온 여인이었다. 여인은 쪽머리를 하고 있지만 화려한 서양식 드레스를 갖추어 입었다. 오엽주는 이번 손님은 조선 왕조의 몇 안 되는 왕족이라고 나지막이 귀띔해 주었다.

오엽주가 왕족에게 얇은 일본식 가운을 입혀 주고 쪽 찐 머리를 풀었다. 가체인가 싶을 만큼 커다란 쪽머리였다.

"이제 귀부인의 머리를 풀어 드려라. 천천히 해야 한다."

인덕이가 머리칼을 일일이 풀어 놓자, 오엽주는 능숙한 손놀림으로 머리칼을 흔들며 비듬을 털어 내는 것이 아닌가? 비듬과 때가 어찌나 많이 끼어 있는지 비듬이 펄펄 눈처럼 흩날렸다. 이런 치다꺼리는 딱 노비가 하는 일이었다.

'윽, 저리 더러운 것을 어떻게 손으로 만진담.'

인덕이는 저절로 얼굴이 찌푸려졌다. 뒤에서 가만히 보고만 있어도 속이 울렁거릴 판이었다. 그 순간, 인덕이는 거울을 통해 오엽주와 눈이 딱 마주쳤다. 오엽주의 눈빛은 인덕이의 표정을 보고 날카롭게 돌변했다. 칼날이 찌르는 것처럼 매서웠다.

오엽주는 향심이에게 손님의 세발을 맡기고는 인덕이를 준비실로 불렀다.

"더러워서 못 보겠네, 하는 표정으로 손님을 쳐다볼 셈이야?"

오엽주가 앙칼지게 내뱉는 소리에 인덕이는 오금이 저렸다.

"이런 일을 더럽다고 여긴다면 넌 여기서 탈락이다."

오엽주의 말은 차가운 고드름처럼 인덕이 가슴을 찔렀다.

"죄송해요. 앞으로는 주의하겠습니다."

인덕이가 머리를 조아렸다.

"넌 화신미용실 수습생 김인덕이야. 이제까지 네가 어떤 사람이었는지 그딴 건 잊어버려. 정신 차리고 귀부인 드실 차를 준비해서 다시 나와!"

오엽주는 휙 하니 가림막을 젖히고 나가 버렸다.

이렇게 혼쭐이 날 줄 몰랐다.

'미용실에 오면 예쁘게 치장을 하고, 손님만 예쁘게 만들어 주면 되는 줄 알았는데…….'

인덕이는 머릿속이 멍해진 채 어디 있는지도 모르는 찻잔을 찾아 두리번댔다. 그러다 찻잔이 어디 있는지 모르는 것처럼 제 할 일이 무엇인지 모르겠다는 생각이 들었다.

'그게 무슨 일인 줄 알고 하려는 게냐?'

할머니의 말이 순간 귓전에 맴돌았다.

봄인 줄 알고 밖에 나갔다가 모진 꽃샘추위를 만난 것 같았다. 홑저고리만 걸치고 들에 나와 있는 것처럼 자꾸 어깨가 움츠러들었다.

"자, 여기가 우리 숙소야."

인덕이가 처음 숙소에 들어가던 날, 미정이가 명랑하게 하숙집을 가리켰다. 여러 가구가 한데 붙어사는 일본식 주택이었다.

요즘처럼 경성에서 집을 구하기 힘든 때에 수습생을 위해 사장이 마련한 집이라고 해서 인덕이는 전혀 기대하지 않았다. 한구석에 몸을 누이고, 쉴 수 있으면 그만이라고 생각했다. 하지만 숙소는 의외로 깨끗한 단층 주택이었다.

"와! 신식 집이네요."

인덕이가 놀라는 사이 향심이는 열쇠로 문을 열어 주었다. 미정이는 향심이 옆에서 연신 설명을 해 댔다.

"부엌이랑 씻는 곳은 다른 사람들이랑 같이 써. 이 복도 끝이야. 이 집엔 우리처럼 직업이 있는 여성들이 많이 살고 있어서 아침 시간이랑 퇴근하고 저녁에는 좀 붐벼."

신을 벗고 들어가니 바로 복도가 나왔다. 복도 좌우로 방문들이 보였다.

미정이가 복도에서 두 번째 방문을 열었다. 짚으로 만든 일본식 다다미방에서 풀 쩡어 놓은 향이 났다. 방 한쪽 삼층장 위에는 이부자리가 접혀 있었고, 반대편 구석에는 앉은뱅이책상이 하나 놓여 있었다. 책상 위에는 화장품과 갖가지 소지품이 가득했다.

"멀거니 서 있지 말고 앉아. 보따리도 풀어 놓고."

향심이가 이부자리를 펴며 벌렁 누웠다. 순간 바닥이 삐거덕거렸다.

"보기에만 그럴듯하지 일본식 집이라 엄청나게 추워. 다다미는 왜 그렇게 소리가 나는지."

미정이 역시 이부자리를 깔며 말했다.

어느새 향심이, 미정이, 인덕이까지 셋이 나란히 방에 누웠다. 다리를 펴고 누우니 좀 살 것 같았다.

"나는 보통학교 졸업하고 시집가라고 해서 집에서 도망 나왔어. 열여섯이면 시집가기 딱 좋은 나이라나?"

미정이는 묻지도 않은 말을 조곤조곤 잘도 했다.

"넌? 어떻게 여기에 오게 되었어? 부모님 허락은 받고 온 거야?"

부모님 소리에 인덕이는 멈칫했다.

"부모님 안 계세요. 할머니랑 둘이 살아요. 전 미용 기술 배워서, 우리 할머니 호강시켜 주려고 왔어요."

인덕이가 힘주어 이야기했다. 그러자 미정이는 누웠던 몸을 일으키며 인덕이를 쳐다봤다.

"할머니가 부모님이네?"

맞다. 인덕이에게는 할머니가 어머니요, 아버지요, 스승이고 동무였다.

인덕이는 마치 자기만 알고 있는 것을 미정이에게 들킨 것처럼 묘한 기분이 들었다. 누운 채였지만, 미정이의 얼굴을 다시금 쳐다보았다. 미정이의 얼굴은 인덕이가 부모가 없다고 말하면 사람들이 으레 짓는 표정이 아니었다. 뭔가 애처로워하는 그런 얼굴이 아니라 오히려 대수롭지 않게, 평범하게 바라보는 얼굴이었다.

"향심 언니, 언니도 말 좀 해요."

미정이가 싱긋 웃더니 향심이 쪽을 쳐다봤다. 아무래도 향심이는 잠이 든 모양이었다. 정적 속에 조그맣게 쌔근거리는 소리가 났다.

"향심 언니는 열일곱이야. 사장님 먼 친척이래."

성숙해 보여서 둘 다 나이가 훨씬 많을 거라 생각했는데, 인덕이는 언니들이 생각보다 어려서 조금 놀랐다.

미정이는 다시 몸을 뉘고 이야기를 계속했다. 미용실에서 당한 황당했던 일이며, 주의할 점 같은 것들이었다. 인덕이는 미정이의 이야기를 더 듣고 싶었지만, 저도 모르게 스르륵 눈이 감겼다. 아무리 눈을 부릅떠 봐도 눈꺼풀이 말을 듣지 않았다.

"몸이 젖은 솜 같아. 할머니, 할머……."

인덕이는 꿈결에서 할머니를 만난 듯 중얼거리며 잠이 들었다.

06. 물세례

인덕이는 갖가지 잔심부름을 하기 바빴다. 바닥에 널브러진 머리카락을 쓸다가도 누구든지 오라면 오고, 가라면 가야 했다.

“인덕아, 가위랑 빗 좀 가져다 뜨거운 물에 삶아. 손걸레랑 대걸레도 빨아야 한다.”

“이 거울 누가 닦았어? 손자국 남길 거면 거울은 왜 닦는다니? 다시 해!”

세 여자가 종일 인덕이만 불러 댔다. 인덕이는 도대체 세 사람이 그동안 저 없이 어떻게 일을 했나 싶었다.

“김인덕! 수건 다 개켜 놓은 다음에 숯불 올려서 화로 준비해 놓아! 넌 무슨 애가 한 번 말을 하면 듣질 않니?”

향심이가 짜증이 가득한 목소리로 소리쳤다. 특히 향심이는 그냥 일만 시키는 게 아니었다. 꼭 인덕이 마음을 콕콕 들쑤시는 말을 덧붙였다.

인덕이는 수건을 접다가 말고 냉큼 화로를 준비하려고 일어섰다. 숯에 불을 붙이는데 어제 난 상처에 불똥이 튀었다.

"아얏! 하필이면 아픈 자리에."

인덕이는 눈물이 핑 돌았다.

미용실에 들어온 지 거의 한 달이 되도록 인덕이는 허드렛일만 했다. 비누부터 독한 약품, 숯불에 인두까지 다루다 보니 손에 생긴 생채기가 아물 틈이 없었다. 피가 났다가 딱지가 앉고, 물집이 잡혔다가 터지길 반복했다.

자주 오는 손님들은 어린 인덕이를 무슨 하인 부리듯 했고, 인덕이는 낯 한 번 찡그릴 수 없었다. 웬 남자 손님은 시중을 드는 인덕이의 손을 덥석 잡질 않나, 딸년 머리를 잘라 놨다고 손님 아버지가 다짜고짜 수습생 멱살을 잡질 않나, 인덕이의 미용실 생활은 하루도 조용한 날이 없었다.

'할머니 말씀을 들을 걸 그랬나.'

가끔이지만, 미용실에 발을 들인 것을 후회하기도 했다. 마음에도 조금씩 상처가 나는 모양이었다.

인덕이는 미용실에서 하는 일이 단지 사람들 머리 모양만 멋지게 만들어 주는 게 아니라는 걸 몸으로 부닥쳐서 깨닫고 있었다.

"그나저나 너 미용실 약재 이름이랑 기구 이름은 외웠니?"

향심이가 준비실 가림막을 열고 들어와 인덕이를 또 들볶기 시작했다. 인덕이는 벌건 화로 옆에서 이제 막 수건을 접고 있던 참이었다.

"아, 아니요. 아직."

인덕이가 얼버무렸다.

"게으른 놈이 7월에 애달프다고 했어. 나중에 후회하지 말고 빨리 공부해라."

'내가 공부할 짬이 어디 있어? 미용실에서 온종일 뱅뱅 도느라 정신이 하나도 없는데.'

인덕이는 한숨만 나왔다.

인덕이는 오엽주에게 미용 기술을 배우기만 하면 다 끝나는 거라 생각했다. 두어 달 기술을 배워서 바로 미용사가 되고, 금방 이름을 알리고, 결국 부자가 되는 결말만 상상했던 것이다.

'내가 내 발등 찍은 거 아닌가 몰라.'

이렇게 잠깐 생각에 빠진 사이, 누군가가 등 뒤에서 인덕이를 불렀다.

"얘! 인덕아! 김인덕!"

그때 무언가 타는 냄새가 코끝을 건드렸다.

인덕이가 퍼뜩 정신을 차렸는데 아뿔싸, 숯불 화로에 닿은 수건이 까맣게 타고 있었다.

"어머나!"

인덕이는 깜짝 놀라 화로를 들어 올렸다. 세면대 쪽으로 옮기려는 찰나, 향심이가 인덕이에게 물 한 바가지를 흩뿌렸다.

"앗, 차가워!"

갑작스러운 물세례에 인덕이는 들고 있던 화로를 놓쳤다. 요란한 소리와 함께 회색 연기와 재가 풀풀 날리기 시작했다. 거뭇한 티끌들이 인덕이의 머리칼과 얼굴에 덕지덕지 붙었다.

"이게 뭐예요?"

인덕이는 향심이를 향해 언성을 높였다. 인덕이 얼굴이 있는 대로 구겨졌다.

"미용실에 불나면, 네가 책임질 거야? 불 대신 꺼 줬으면 고맙다고 해."

키가 훨씬 큰 향심이가 인덕이의 이마를 손가락으로 꾹꾹 찍어 대었다. 인덕이는 향심이의 손짓에 얼굴이 굳었다.

"불을 끄려던 게 아니고, 나를 골탕 먹이고 싶은 거잖아요?"

인덕이는 한껏 눈을 치떴다.

"뭔 소리래. 내가 왜?"

"사사건건 나만 걸고넘어지는 게 그렇잖아요. 나도 얼마나 열심히 일하는데……."

"아니, 내가 보기엔 넌 징징거리고만 있어. 나이가 어리다는 둥, 아직 잘 모른다는 둥 핑계나 찾으면서 말이야."

"언니가 나에 대해 뭘 안다고 그래요?"

"굴러 들어온 돌멩이라는 건 잘 알지. 시키는 일도 잘 못하는

돌."

향심이는 콧방귀를 뀌었다.

"흥, 그 돌멩이한테 언니 자리라도 뺏길까 봐 그래요? 하긴 미용 실력을 보니까 나랑 별 차이도 없긴 하겠더라고요."

인덕이는 분한 마음에 마음에도 없는 소리를 퍼부었다.

"뭐라고? 이게 내가 누군 줄 알고!"

향심이는 인덕이를 향해 팔을 휙 들어 올렸다.

"왜요, 이젠 때리려고요?"

인덕이는 향심이를 보며 턱을 쳐들었다. 때릴 테면 어디 한번 때려 보라는 식이었다. 향심이는 기막히다는 표정으로 고개를 돌렸다.

"칫, 사장님 친척이면 다야?"

인덕이가 향심에게 등을 돌리고 이렇게 말을 뱉었다.

"뭐야? 이게!"

순간 향심이가 앙칼진 소리를 냈다. 인덕이는 우악스러운 힘에 머리채를 잡혔다.

"꺄악! 이거 놓아요."

향심이가 인덕이 뒷머리를 한 움큼 잡고 흔들었다. 인덕이는 눈이 튀어나오는 줄 알았다.

화가 난 인덕이도 이를 악물고 향심이의 머리채를 뜯으려 했다. 하지만 짧은 팔을 허우적거리다 도리어 향심이의 얼굴을 할퀴고 말았다.

"아악!"

향심이가 비명을 질렀다. 성난 향심이는 인덕이의 머리칼을 더 세게 쥐고 흔들었다.

둘은 몸이 엉켜 이리저리 휘청거렸고, 서로를 쥐어뜯으며 소리를 질러 댔다. 그러고는 치마가 뒤집어진 것도 모른 채 바닥을 뒹굴었다. 놀라서 달려온 미정이가 말려 봤지만 소용없었다.

"뭐 하는 짓들이야! 떨어지지 못해!"

오엽주도 큰소리를 듣고 쫓아와서 소리를 쳤다. 하지만 엉켜 싸우는 두 사람은 떨어질 줄 몰랐다.

오엽주는 주변을 두리번거리더니 세면대 위에 있는 물동이를 번쩍 들었다. 그러고는 단번에 둘에게 물세례를 놓았다. 촤악.

"악, 차가워!"

차가운 물을 맞고서야 인덕이는 정신이 번쩍 들었다. 향심이도 얼떨떨한 표정을 지었다.

인덕이와 향심이의 머리는 젖어 축 처져 있었고, 화장은 다 녹아 땟국물처럼 줄줄 흘렀다. 바닥에 날렸던 재와 물을 온몸에 뒤집어쓴 둘은 개천 다리 아래 각설이보다 못한 모습이었다.

"둘 다 장사 망치려고 작정했어? 서로 힘을 합쳐서 배워도 모자란 판에 이렇게 싸움닭처럼 쥐어뜯고 싸우면 어쩌자는 거야? 꼴을 보니 너흰 화신미용실에 있을 자격이 없다."

오엽주는 이를 악물고 야단을 쳤다. 화난 얼굴이 붉으락푸르락했다.

그러더니 무엇을 찾는 듯 이리저리 두리번거렸다. 오엽주는 인덕이와 향심이의 가방이며 외투 같은 것들을 보이는 대로 몽땅 들고 준비실 밖으로 성큼성큼 나갔다.

인덕이와 향심이는 놀라서 오엽주를 따라 나갔다.

오엽주는 미용실 출입문 바깥에 수습생들의 짐을 내동댕이쳤다. 인정사정없었다.

"나가라!"

오엽주의 한마디에 인덕이와 향심이는 동시에 무릎을 꿇었다.

"제가 잘못했습니다. 다신 언니랑 싸우지 않을게요."

"아닙니다. 사장님, 제가 잘못했습니다. 다신 안 그럴게요."

인덕이는 손을 모아 쥐고 울음을 터뜨렸고, 향심이 역시 싹싹 빌었다.

붉게 달아올랐던 오엽주의 얼굴이 조금씩 하얗게 변했다. 그러더니 비정한 표정으로 두 소녀를 내려다보았다.

오엽주가 굳은 얼굴로 아무 말 없이 쳐다보자, 인덕이와 향심이의 낯빛에는 긴장이 가득했다.

"이유가 뭐든, 한 번만 더 다투면 모두 집에 가는 거야. 난 무식하게 싸우는 애들 필요 없거든."

오엽주의 말에 둘은 동시에 참았던 숨을 내쉬었다.

"아, 세탁실에 가서 빨랫감 좀 찾아오너라. 한 달간 둘이 같이 해."

인덕이와 향심이는 서로 얼굴을 마주 봤다. 그리고 누가 먼저랄 것도 없이 고개를 끄덕였다. 벌을 받는다는 것은 용서를 받을 수 있다는 말이기도 했기 때문이다.

07. 열네 살 엽주와 열네 살 인덕이

모두 퇴근한 시간, 인덕이는 미용실에 혼자 남았다.

인덕이는 소파에 누워 천장을 바라보았다. 세모와 네모가 규칙적으로 배열된 벽지가 어찌 보면 거북이 등껍질 같았다.

"안 가고 뭐 하고 있는 게야?"

오엽주가 미용실을 문을 열고 들어왔다.

"오늘 일찍 퇴근하신 거 아니었습니까?"

인덕이가 깜짝 놀라 몸을 일으켰다.

"집에 가는 길에 미용실에 불이 켜져 있길래 들어와 봤지."

오엽주는 인덕이에게 하얀 종이봉투를 내밀었다.

"출출할 텐데 먹어 봐."

봉투를 열자 보름달처럼 둥근 빵이 나왔다. 일본인이 만들어 파는 단팥빵이었다. 인덕이는 빵을 한 번 베어 물고 하마터면 소리를 지를 뻔했다. 심봉사도 이걸 먹으면 어두운 눈을 뜨겠다 싶었다. 부드럽고 달콤한 것이 사탕도 아니고, 꿀과도 달랐다. 쩝쩝거리며 맛을 보는 인덕이를 보고 오엽주가 흐뭇하게 웃었다.

오엽주는 웃음이 가시지 않은 얼굴로 줄곧 인덕이를 바라보았다.

"많이 힘들지?"

인덕이는 쭈뼛대며 대답을 하지 못했다. 엊그제 그렇게 푸닥거리를 하고 나서 인덕이는 아직 오엽주의 눈치가 보였다. 오히려 향심이보다도 오엽주를 대하기가 더 껄끄러웠다.

"인덕아, 이걸 보련?"

오엽주는 지갑 속에서 조그만 종잇조각 하나를 꺼냈다. 낡은 사진이었다.

사진 속에는 두어 살쯤 먹어 보이는 아기를 안은 소녀가 중년 남자와 멀뚱히 서 있었다. 소녀는 푸석한 얼굴에 울상을 짓고 있었고, 중년 남자는 좀 놀란 표정을 짓고 있었다.

그런데 찬찬히 사진을 보니 소녀는 다름 아닌 오엽주였다. 지금은 짙은 화장을 해서 이목구비가 달라 보였지만, 얼굴형이나 눈매가 그대로였다.

"사장님이시죠? 그럼, 이분이……."

"그래, 내 아버지시다."

인덕이는 끄덕이며 사진을 더 자세히 봤다. 그러고 보니 시원스레 큰 키며 골격이 부녀지간 같았다.

“이 아기는 누구예요?”

“인덕 아기씨지. 바로 너야.”

“예에?”

인덕이는 깜짝 놀라 사진을 제 눈앞에 더 가까이 가져다 댔다. 볼이 통통한 아기가 소녀의 품에서 방실방실 웃고 있었다.

‘아기일 때 나라니.’

“이런 사진이 있었어요? 언제 찍으신 거예요?”

인덕이는 사진에 박혀 있는 과거 속 제 모습이 신기하기만 했다.

“큰 대감마님이 상투를 자르시기 전날이지.”

인덕이는 생각지 못한 대답에 두 눈이 동그래졌다. 할아버지가 머리칼을 잘랐다는 말은 들어 본 적이 없었다.

할머니가 가진 사진 속 할아버지와 할머니는 분명히 단정한 의관을 갖추고 있었다.

“그게 무슨 말씀이세요?”

“삼일 만세 운동 다음 해인 1920년에도 여기저기서 만세 운동이 많이 일어났어. 나는 동무들과 산에 약초를 캐러 갔다가, 만세 운동을 하고 마을 뒷산으로 도망친 젊은 청년들을 만났지. 며칠간 숨어 지내느라 밥도 못 먹고, 총상을 입기까지 했더라. 우린 마을로 내려와서 주먹밥과 약을 조금 가져다주었는데…….”

열네 살 소녀 오엽주는 이 일이 발각되어 친구들과 함께 순사에게 끌려가게 되었다. 만세의 '만' 자만 들려도 순사들이 사정없이 조선인을 죽이던 시절이었다.

순사들은 도망한 청년들은 물론이고 소녀들에게까지 총을 들이대며 만세 주동자를 찾아내려 했다. 고만고만한 소녀 네 명과 그 부모들이 졸지에 만세꾼이 되었다.

누명을 쓴 일가족들이 경찰서에서 고문을 당한다는 소식이 마을에 파다했다. 자신의 집에서 노비로 일했던 오 서방과 어린 오엽주까지 얽혔다는 동네 사람들 말에 결국 인덕이 할아버지가 나섰다.

"아무래도 내가 경찰서장을 만나 봐야겠구나."

인덕이 할아버지는 조선 전기부터 대한제국 때까지 왕을 모셨던 이름난 문인 집안의 충신, 김영직 대감이었다. 많은 젊은이가 아직도 김영직 대감을 따르며 그 댁에 드나들었다.

경찰서장은 김영직 대감이 직접 만나기를 청한 것만으로도 대어를 낚은 듯했다. 경성에서 김영직 대감이 가진 위치와 영향력을 알고 있었기 때문이다.

"마을 사람들을 풀어 주시오. 그 사람들은 죄가 없소."

김영직 대감의 요청에 서장은 기다렸다는 듯 조건을 달았다.

"상투를 자르시오! 그리고 진정한 일본 제국의 신하가 되시오!"

그러고는 자기 편만 되어 준다면, 무엇이든 원하는 걸 갖게 해주겠다고 김영직 대감을 회유했다.

서장이 무슨 조건을 얼마나 더 걸었는지, 김영직 대감은 무엇을 빼앗기고, 무엇을 주었는지 누구도 알 길이 없었다.

하지만 잡혀갔던 마을 사람들과 오엽주 부녀는 김영직 대감이 경찰서에 다녀온 날 바로 풀려났다. 오엽주의 아버지는 모진 고초를 겪고 몸이 크게 상했지만, 죽지 않고 살아온 것도 다행이었다.

쉼 없이 이야기를 하는 오엽주의 눈에는 어느새 눈물이 그렁그렁 맺혀 있었다.

"큰 대감마님은 나 때문에, 겨우 나 같은 것 때문에 상투를 자르셨다."

토끼처럼 붉어진 눈에서 물방울이 툭, 떨어졌다.

'아!'

인덕이는 너무나 놀라 입을 다물지 못했다.

"큰 대감마님께서 나와 아버지를, 마을 사람들을 살리셨어."

오엽주 얼굴은 눈물로 얼룩졌다.

"큰 마님은 고문을 당하고 나온 나에게 국밥을 사 주셨다. 며칠을 굶은 나는 또 그게 들어가더구나. 국밥을 먹다 엉엉 우는 나에게 마님이 말씀하셨어."

'어린 게 고생이 많았다. 그리고 앞으로는 몸도, 마음도, 더 튼튼한 조선의 여성이 되거라. 분명 그리될 것이야. 엽주야, 울지 마라.'

오엽주가 전해 준 말이 할머니의 목소리가 되어 인덕이의 귓전을 흔들었다. 인덕이는 가슴 어딘가가 뻐근했다.

"그래서 할아버지 상투를 자르기 전에 사진을 남기신 거로군요."

인덕이는 그제야 사진 속 할아버지와 할머니가 따뜻한 눈으로 어딘가를 바라보고 있다는 걸 깨달았다.

"큰 대감마님이 사진 찍는 날 마을 사람이 죄다 모였어. 우리 모두 사진사 뒤에서 울었다."

"그럼, 이 사진은요?"

인덕이는 오엽주가 보여 준 사진을 가리켰다.

"사진사가 아버지와 울고 있던 나를 찍어 준 거야. 내 품에서 안 떨어지는 인덕 아기씨랑 함께."

오엽주 얼굴에 희미한 미소가 스쳤다.

인덕이는 엄청난 사실을 들은 것만 같았다.

할아버지가 독립운동에 자금을 대고, 부모님이 독립운동을 해서 집안이 망한 거라고만 여겼는데, 그게 전부가 아니었다.

인덕이는 부자에 명망 높은 가문이었던 제 집안의 과거를 사람들에게 전해 들으면 화가 치밀어 오를 때가 있었다. 그 많던 가산을 다 어디에 버리고 할머니와 제가 이렇게 생고생을 하는지 이해가 되지 않았다.

밥거리까지 떨어져 시장통에서 장사를 하게 되었을 때는 이런 고생을 하는 게 꼭 부모님 때문인 것만 같았다. 어쩌자고 할아버지는 독립운동 자금을 대고, 어째서 부모님은 자기를 혼자 두고 만주까지 떠났는지, 만나면 소리소리 지르며 따져 묻고 싶을 정도였다.

하지만 인덕이 할아버지는 그냥 돈만 많은 사람이 아니었다.

인덕이는 엉킨 매듭이 조금씩 풀리는 것을 느꼈다.

할아버지가 마을 사람들을 지키기 위해 머리채를 버리는 광경을 할머니는 어떤 마음으로 지켜보셨을까? 할아버지가 상투를 자른 것은 당신이 스스로 한 선택이었지만, 동시에 일본의 강압이기도 했다. 할아버지는 사람을 지키기 위해 기꺼이 그 강압을 받아들인 것이다.

왜 할머니가 그렇게 인덕이가 머리를 자르고 온 걸 싫어했는지, 왜 그렇게 머리 잘라 주는 기술을 배우는 걸 싫어했는지 인덕이는 이해가 되었다.

할머니에게 조선인의 긴 머리는 단지 관습이 아니었다. 어쩌면 지켜 주지 못한 할아버지의 머리칼만큼 소중한 무엇이 아니었을까?

사실 인덕이는 할머니가 말하는 조선인의 넋이니 뭐니 하는 것이 무슨 뜻을 품고 있는지 생각조차 해 보지 않았다. 그저 전통만 찾는 옛날 사람들 생각이라고 한 귀로 듣고 다른 귀로 흘려버렸다.

'난 할머니 말씀을 조금도 귀담아 듣지 않았구나.'

인덕이는 제 소견이 좁았던 게 부끄러워졌다. 또 할머니를 외롭게 만든 것 같아 미안해졌다.

"비록 사람들의 머리를 잘라 주는 일을 하고 있지만, 나는 이 일이 조선 여성을 위하고, 조선을 위하는 일이라고 생각한다. 큰마님 말씀대로 지금을 살아가는 여성들이 몸도 마음도 튼튼해지길 바라면서 말이야."

오엽주가 인덕이 손을 잡았다.

"인덕아, 너도 나랑 함께 이 길을 가면 좋겠구나. 다른 수습생들과 서로 배우고 익히면 분명 더 성장할 수 있을 거야."

오엽주의 이야기를 들으니 인덕이는 할머니가 너무나 보고팠다.

누런 사진 속에서는 아기 인덕이가 열네 살 인덕이를 보고 웃고 있었다.

08. 어떤 미용사가 되고 싶니

오엽주는 사나흘에 한 번 수습생을 모아 놓고 기술을 가르쳤다. 수습생들은 단순히 머리를 만지는 기술뿐만 아니라 손님을 상대하는 방법이나 화장을 하는 방법도 틈틈이 배울 수 있었다.

"너희는 어떤 미용사가 되고 싶니?"

오엽주가 수습생을 훑어보며 물었다.

'어떤 미용사?'

인덕이는 기술을 빨리 배워서 미용사가 될 생각만 했지, 어떤 미용사가 될지 생각해 본 적이 없었다.

"전, 여인들을 아름답게 만들어 주는 사람이 되고 싶습니다. 사장님처럼요."

향심이가 하는 말이 다부지게 들렸다. 오엽주는 향심이 다음에 인덕이를 쳐다보았다.

"저는…… 어, 조선에서 가장 돈 잘 버는 미용사가 될 겁니다."

인덕이가 기어 들어가는 목소리로 말했다. 오로지 생각해 본 것은 이것뿐이었다.

"풉."

미정이가 웃음을 삼켰다.

"하하하! 인덕이다운 솔직한 대답이구나. 좋아. 미용사로 돈을 벌려면 먼저 실력이 뒷받침되어야겠지? 오늘부터는 너희 셋 다 가위를 잡고 본격적으로 단발을 하는 방법을 익힐 것이야."

오엽주는 몇 종류의 가위를 작업대 위에 펼쳤다. 인덕이 손 크기 정도의 작은 가위가 여러 개였다. 날의 모양이 조금씩 달랐다.

오늘 머리를 할 사람은 백화점 양장점에서 일하는 쇼프걸◆이었다. 오엽주의 부탁으로 쇼프걸들은 종종 이렇게 수습생 교육을 도왔다. 미용사에게 머리도 맡기고 작은 사례금도 받는 좋은 기회였다.

오엽주는 쇼프걸의 머리를 정성스레 빗으며 말을 이어 갔다.

"빗질이 잘돼야 어떤 머리든 잘할 수 있어."

그러고는 촘촘한 빗으로 머리를 여러 부분으로 나누기 시작했다.

'머리를 자르는 과정은 꼭 집을 짓는 것 같구나.'

인덕이는 머리를 나누는 과정이 큰 집터에 들어갈 방을 정하는 것처럼 보였다.

◆ 백화점의 여성 점원을 일컫던 말.

잠시 후 오엽주의 손에서 반들반들한 머리칼이 가위 소리에 맞춰 잘려 나갔다. 인덕이가 보니 가위를 눕혀서 머리를 반듯하게 자를 때가 있었고, 가위를 모로 세워 자를 때가 있었다. 착착 머리를 자르는 가위 소리도 모두 다르게 들렸다.

"사장님, 언제 가위질이 달라집니까?"

인덕이의 질문에 오엽주는 눈을 반짝였다.

"꼼꼼하게 잘 보았구나. 머리를 반듯하게 자를 때는 이렇게 머리칼과 가위가 수직이 되도록 잡고 잘라야 한다. 하지만 가위를 이렇게 세워서 자르면 머리칼 끝이 다 똑같은 길이가 아니라, 조금씩 다른 길이로 잘리지. 그럼 머리칼 끝이 좀 부드러워 보인단다."

'머리칼 끝을 어떤 모양으로 할 것인지 미리 생각을 한 다음에 잘라야겠구나.'

인덕이는 머리칼 자르는 일이 매우 섬세하고 계획적인 일이라는 생각이 들었다.

인덕이는 노란 공책에 본 것, 느낀 것을 세세히 적었다. 이렇게 적어 두지 않으면 본 것들이 다 날아가 버릴 것 같았다.

향심이와 미정이 역시 무엇인가를 부지런히 적고 그렸다. 이런 기술은 책에서 배울 수 있는 것이 아니었다. 오엽주가 경험으로 알게 된 것들을 하나씩 알려 주는 것이었다.

오엽주가 만든 단발머리는 작은 종처럼 쇼프걸의 머리를 감싸고 있었다. 쇼프걸이 머리를 좌우로 흔들자, 머리칼에서 가벼운

종소리가 나는 것 같았다.

"어떠세요, 마음에 드시나요?"

오엽주의 물음에 쇼프걸은 크게 고개를 끄덕였다. 이리저리 턱을 돌려 가며 자기 얼굴을 살폈다.

"사장님이 머리를 해 주면, 확실히 뭔가 달라요. 백화점에 온 손님들까지 머리 어디서 했냐고 물어본다니까요."

여인은 자기 얼굴을 오늘 처음 보는 사람처럼 보고 또 보았다. 활짝 웃는 모습이 고왔다.

'사장님이 머리를 해 주고 나면 손님들은 늘 저렇게 행복해 보여.'

인덕이는 사람들의 웃는 낯이 떠올랐다.

인덕이는 무슨 생각이 났는지 연필 끝에 침을 묻혀 가며 공책에 무엇인가를 썼다.

손님에게 웃음을 주는 미용사가 되자

미정이는 그사이 오엽주에게 볼멘소리를 했다.

"도무지 감이 오지 않습니다. 어떻게 해야 사장님처럼 할 수 있습니까?"

"기술은 말 몇 마디로 배우는 것이 아니다. 끊임없이 연습해서 너희가 손에 익히는 것이지."

오엽주는 이렇게 말하며 작업대 아래에서 조그만 상자를 꺼냈다.

검은색 비단으로 둘러싸인 상자였다.

"사장님, 이게 뭐지요?"

향심이가 고개를 갸웃거렸다.

"앞으로 너희가 익힌 미용 기술 시험을 볼 생각이다. 누구든 실력이 더 좋은 사람이 이 상을 받게 될 것이야."

오엽주의 목소리에는 웃음기가 서려 있었다.

"예에?"

향심이와 미정이의 목청이 한껏 높아졌다. 예상하지 못한 시험 소식에 어리벙벙한 표정이었다.

오엽주는 자신감 어린 눈으로 검은색 상자를 열었다. 금색 비단에 둘러싸인 은빛 가위가 빛을 뿜고 있었다.

"구라파◆에서 만든 미용 가위란다. 여기에 너희 이름을 새겨 줄 셈이다. 화신미용실 대표 미용사가 되는 거지."

오엽주의 말에 인덕이는 침을 꼴깍 삼켰다.

인덕이는 한 발 가까이에 가서 가위를 물끄러미 쳐다보았다. 가위에 인덕이의 넓은 이마와 동그란 눈이 비추어 보였다.

어느새 가위 속 마법 세상으로 인덕이는 빨려 들어갔다. 그 속에서 인덕이는 광채를 뿜으며, 손님들의 머리를 자르고 있었다.

사라락 착착, 사라락 착착. 인덕이는 운율에 맞추어 머리를 자

◆ '유럽'을 음역한 말.

른다. 그렇게 순식간에 손님에게 가장 어울리는 머리가 완성된다. 사람들은 인덕이에게 박수를 보내 준다.

그 순간 인덕이는 "얘!" 하고 미정이가 자기를 부르는 소리에 퍼뜩 정신이 들었다.

"사장님, 시험이 언제인가요?"

인덕이는 재빨리 오엽주에게 물었다.

기술을 빨리 배우고 싶어서인지, 요술 가위를 갖고 싶은 것인지 모른 채 인덕이 가슴은 또 세차게 뛰고 있었다.

09. 행복을 주는 미용사가 되리

축음기에서 너울너울 음악이 흘렀다. 나른한 봄에 어울리는 곡이었다.

인덕이는 새로 들어온 화분에 물을 주고 있었다. 심심한 꽃향기가 인덕의 코를 간지럽혔다.

얼마 만에 즐기는 한가로운 시간인지 몰랐다.

오엽주는 소파에 앉아 조그만 자개함 하나를 감싼 자주색 보자기를 묶었다 풀었다 하고 있었다. 보자기 위에 모란꽃 한 송이가 핀 것처럼 솜씨를 부리는 참이었다.

"손님도 없으니 인덕이가 심부름 좀 다녀오너라. 내 선물을 러시아 대사 사모님에게 드리고 와라. 남촌에 있는 대사님 댁으로 가면 돼."

오엽주는 선물을 넣은 비단 꾸러미를 다시 흰 보자기에 쌌다.

약도가 그려진 종이와 무명 보퉁이를 받은 인덕이는 오랜만에 나갈 준비를 했다.

"뭔지는 모르지만 네 월급으로는 어림없는 물건이니까 간수 잘해. 덜렁거리지 말고."

못 미더운 투로 말했지만, 이건 향심이가 인덕이를 걱정해서 하는 소리였다. 인덕이는 이제 향심이 말투에 좀 적응이 되었다.

"네, 네, 알겠습니다."

인덕이는 웃으며 끄덕끄덕 고갯짓을 했다.

"오후에는 파마하는 걸 보고 익힐 테니 시간 맞춰 오너라."

오엽주는 인덕이에게 차비를 주며 당부했다.

"예? 빠, 빠마요?"

인덕이의 동그란 눈이 더 커졌다.

"그래, 그 빠마 말이다."

파마는 불로 달군 인두로 머리를 구불구불하게 만들어 주는 고급 기술 아닌가. 아직 본 적 없는 파마 기술을 눈앞에서 볼 수 있다니, 인덕이는 그것만으로도 흥분이 되었다.

종로에서 남촌까지는 서너 정거장밖에 되지 않았다. 남촌역에서 내려 약도를 따라 걷다 보니 가파른 언덕배기에 닿았다. 언덕에는 듬성듬성 지어진 대저택들이 저마다 세모부터 동그라미까지 서로 다른 지붕을 얹어 놓고 있었다. 게다가 나무로 된 집부터 하얀 흙으로 만든 집까지 외관도 모두 달랐다. 외국인들은 조선 사람과 생김새만 다른 것이 아니라 집 짓는 방법도 이리 다른 모양이었다.

인덕이는 러시아 대사의 집을 금방 찾을 수 있었다. 붉은 벽돌로 쌓은 2층짜리 저택이었다. 넓은 정원의 담장은 얇은 화살 모양의 금속으로 에둘러져 있었다.

"계십니까."

인덕이는 저택 주변을 두리번거리며 사람을 불렀다. 이렇게 불러 봐야 저택에서 사람이 말을 알아듣고 나올 리 없었다. 인덕이는 할 수 없이 보퉁이를 가슴에 꼭 안고 정원 안으로 발을 들였다.

제법 큰 연못이 인덕이 시선을 빼앗았다. 화려한 색깔의 수련이 연못을 덮고 있었다. 인덕이는 혹시 물고기가 있나 싶어 연못 가까이에 발을 옮겼다. 연못 속이 까만 것이 꽤 깊어 보였다. 연못 가운데에는 옷을 다 벗은 사내아이 모양의 조각상이 배를 잔뜩 내밀고 오줌을 누고 있었다.

"어머나, 망측하게 왜 저런 걸……."

연못 둘레는 걸으며 인덕이는 킥킥 웃었다. 귓가에 개 짖는 소리가 들린 건 그 순간이었다.

"멍! 멍멍!"

"꺄악!"

인덕이는 개를 보고 기겁하며 소리를 질렀다.

멀리서 송아지만 한 개가 긴 털을 휘날리며 달려오고 있었다.

인덕이는 개를 보고 자기도 모르게 도망을 쳤다.

"멍멍, 멍멍!"

개는 더욱 사나운 소리를 내며 인덕이를 쫓았다. 인덕이는 제 뒤를 바짝 따라오는 개를 보고 더 빨리 뜀박질을 했다. 잡히면 저 미친개에게 물려 목숨을 부지할 수 없을 성싶었다.

하지만 얼마 지나지 않아 개는 인덕이를 덮쳤다. 아니 정확히 말하면 인덕이의 보퉁이를 물고 흔들기 시작했다.

"야, 이건 내 거야. 이거 놓으라고!"

인덕이도 있는 힘을 다해 보퉁이를 쥐었다. 하지만 개가 무는 힘이 어찌나 센지 보퉁이를 빼앗길 판이었다. 게다가 날카로운 송곳니를 보고 나니, 인덕이는 무서워서 힘이 빠지는 것 같았다.

이걸 잃어버리거나 망가뜨리면 어쩌지, 순간 눈앞에 오엽주 얼굴이 휙휙 지나갔다.

"휘이익! 샤리끄!"

그 순간, 바람을 가르는 휘파람 소리와 사람 목소리가 들렸다. 개는 이 소리를 듣고는 잽싸게 보퉁이를 놓고 뒤돌아 달렸다.

겨우 살았다 싶었다. 인덕이는 다리가 풀려 그 자리에 풀썩 주저앉고 말았다. 그와 동시에 떨리는 손으로 보퉁이를 꽉 끌어안았다.

인덕이 눈에 멀리서 조그만 아이가 걸어오고 있는 게 보였다. 화선지처럼 하얀 얼굴에 황금 실처럼 긴 머리가 휘날렸다. 여자

아인지 남자아인지 잘 구분이 되지 않았다. 단지 치마를 입고 있어서 여자아이인가 보다 했다. 그 옆에는 검은 머리 여인이 서 있었다.

열 살 남짓 되어 보이는 아이는 무표정한 얼굴로 인덕이에게 손수건을 내밀었다.

"괜찮니?"

아이 옆에 있는 여인이 한 말이었다. 여인의 물음에 인덕이는 겨우 고개를 끄덕였다. 조선말을 들으니 왠지 마음이 놓였다. 여인은 대사 댁에 머무르는 통역사라고 했다.

인덕이가 보퉁이를 들고 천천히 일어서려 할 때였다.

"멍! 멍! 멍멍!"

개가 아이 옆에서 큰 소리를 냈다. 인덕이는 잔뜩 겁을 먹고 어깨를 들썩였다.

"샤리끄!"

아이가 개를 쓰다듬어 주며 인덕이를 쳐다봤다. 그 눈빛이 이제 괜찮다고 말해 주는 것 같았다.

"샤리크는 이 개 이름이야. 대사님이 키우는 개인데, 엄청 영리하단다. 낯선 이가 보퉁이를 들고 살금살금 걷는 걸 보고 도둑인가 하고 달려든 거 같아. 제 주인 물건인 줄 알았겠지."

그제야 인덕이는 개를 가만히 바라보았다. 맑디맑은 검은 눈망울이 인덕이를 쳐다보고 있었다. 잘 빗긴 금빛 털을 찰랑이는 샤리크는 이 세상 짐승이 아닌 듯 신비로웠다.

아이가 무어라 말을 했다. 인덕이는 처음 듣는 러시아 말이었다. 바람이 쉭쉭 통하는 소리였다.

"자기 개가 달려들어서 미안하대. 그리고 아가씨는 누구냐고 물어보는 거야."

여인이 말을 옮겨 주었다.

"아 참, 저는 화신미용실 오엽주 사장님 심부름으로 왔습니다. 이걸 대사님 사모님께 전해 드리려고요."

여인이 아이에게 말을 전하자 아이는 고개를 끄덕이며 인덕이를 저택으로 안내했다.

화려한 소파와 으리으리한 전등, 커다란 그림으로 장식된 공간으로 들어선 인덕이는 연신 주위를 두리번거렸다.

인덕이는 대사 부인에게 보퉁이를 직접 전했다. 부인은 봉긋한 꽃 모양 보자기를 보고 빙긋 웃었다. 부인이 열어 본 자개함 속에는 은으로 세공된 배씨 댕기◆와 뒤꽂이가 얌전하게 놓여 있었다. 뒤꽂이는 작은 나비 모양이었는데, 더듬이가 팔랑거리는 게 무척 정교한 공예품 같았다. 선물 상자를 연 부인과 아이는 연신 감탄을 하며 함박웃음을 지었다. 무슨 말인지 인덕이는 알아들을 수 없었지만, 선물이 그들 맘에 들었다는 건 확실했다.

그런데 갑자기 아이가 배씨 댕기를 들고는 허리에 둘러 보았다.

◆ 배의 씨 모양처럼 생긴 어린 여자아이의 머리 장식.

그러고는 한동안 고개를 갸웃거리며 손목에 댕기를 묶어도 보고, 목에 댕기를 감아도 보는 것이다.

그 조막만 한 얼굴이 귀여워서 인덕이는 저절로 미소가 지어졌다.

"이건 요렇게 하는 겁니다."

인덕이는 배씨 댕기를 아이의 머리꼭지 위에 올려 주며 아이와 눈을 맞추었다. 가까이에서 보니 아이의 눈동자는 하늘빛을 닮아 있었다.

아이가 뭐라고 중얼중얼했다. 어깨를 올렸다 내렸다 하면서 입을 삐쭉거리는 표정이 이 물건을 어떻게 쓰는 건지 퍽 궁금한 모양이었다.

"미카 아기씨의 머리 장식을 해 줄 수 있니? 난 손이 영 물러서 말이야."

통역사는 아이를 보고, 아쉬운 눈으로 인덕이에게 부탁을 했다.

인덕이는 하인들이 가지고 온 서양식 빗으로 미카의 머리를 빗었다. 긴 머리칼이 누에고치가 막 뽑아낸 명주실처럼 가늘고 보드라웠다.

"배씨 댕기를 올려서 땋으면 아기들 머리가 풀리지도 않고, 가르마에 둥둥 뜨는 잔머리도 곱게 정리가 되지요."

머리를 완성한 인덕이는 나비 모양 뒤꽂이를 미카의 옆머리에 꽂아 주었다. 금발에 꽂힌 뒤꽂이는 꼭 나비가 노란 국화 위에 올라가 쉬는 것 같았다.

미카는 거울을 보더니 팔짝팔짝 뛰며 좋아했다. 그러더니 인덕이를 와락 부둥켜안고 볼을 비볐다. 그러더니 무어라 소리치면서, 문밖으로 뛰어나갔다.

"미용사 언니가 머리를 예쁘게 만들어 줘서 행복하다는데?"

인덕이 얼굴에 살며시 미소가 번졌다.

대사 부인은 그 모습을 흐뭇하게 지켜보다 인덕이를 보며 말을 했고 통역사가 그 말을 옮겼다.

"아기씨가 동네에 친구가 없어서 늘 외로워했는데, 저렇게 좋아하는 모습을 보니까 기쁘시대. 가끔 오엽주 사장이랑 놀러 와 달라고 하시네."

잠시 후 하인이 책 꾸러미를 가지고 왔다. 대사 부인은 책을 가리키며 통역사를 보고 이야기했다. 알아듣진 못하지만 인덕이가 느끼기에 러시아 말은 강한 음과 약한 소리가 조화로운 말이라는 생각이 들었다.

"러시아랑 유럽, 미국의 잡지들이야. 공부 많이 해서 지금처럼 사람들을 행복하게 하는 미용사가 되라고 말씀하셨어."

말을 전해 들은 인덕이가 부인의 얼굴을 돌아보자, 부인은 눈썹을 들썩이며 장난스러운 표정을 지었다.

"예. 부인. 정말 감사합니다."

인덕이는 두 손을 모으며 부인에게 인사했다.

대사 댁에서 미용실로 향하는 길, 인덕이는 아주 긴 오솔길을 걷다 나온 것 같은 느낌이 들었다.

'사람을 행복하게 해 주는 미용사라, 어찌하면 될 수 있을까?'

내리막을 걷는 인덕이의 발걸음이 조금씩 가벼워졌다. 한 발씩 걷다 보니 조금씩 보폭이 커졌다. 결국 인덕이는 신작로를 향해 날아갈 듯 내달렸다.

10. 라이발, 그것 한번 해 보자

오엽주는 대사 부인이 준 서양 잡지를 세 소녀에게 나누어 주었다. 돈이 있다고 해도 살 수 없는 것이었다. 잡지는 여인들의 옷과 화장법, 머리 스타일 같은 것을 소개하고 있었다.

"아니, 사람 머리카락을 돼지 꼬리처럼 꼬불꼬불……."

미정이는 눈이 휘둥그레져서 잡지를 보고 있었다. 정말 넝쿨손처럼 돌돌 말린 머리를 한 서양 여인이 이를 드러내고 웃고 있었다.

'서양에서는 여인들이 다 제각기 다른 머리 모양을 하고 다닌단 말인가?'

모두 비슷한 머리 모양을 하고 있는 조선 여성들이 저마다 자기 마음대로 머리 모양을 만들 수 있는 세상이 오면 얼마나 재미있을까? 인덕이는 저도 조선 여인들의 머리 모양을 잡지 속 모습처럼 다채롭게 만들어 보고 싶었다.

"자, 파마를 해 볼 테니 인덕이는 이리 와라."

드디어 인덕이가 기다리던 시간이 되었다. 오엽주는 인덕이를 의자에 앉혔다. 오엽주 옆에는 숯불 화로와 가위처럼 생긴 머리 인두가 가지런히 놓여 있었다. 가위 바로 옆에는 낡은 물수건이 있었다.

오엽주는 인덕이의 머리를 곱게 빗고 옆 가르마를 탔다.

"사람 머리칼은 무척 예민해. 그러니 머릿결이 살아 있다고 생각하고 늘 귀하게 다루어야 한다. 자, 먼저 머리 인두 잡는 법이다. 잘 보렴."

오엽주는 오른손으로 머리 인두를 잡았다. 화로 속에 들어 있던 것이었다. 가운데 손가락과 네 번째 손가락 사이에 끼워진 인두가 철커덕 소리를 냈다.

"파마는 이렇게 달구어진 인두를 머리칼 위에 올려 열로 머리를 지지는 것이란다. 당연히 너무 뜨거우면 머리칼이 몽땅 타 버리지."

그래서 파마는 아무나 할 수 있는 기술이 아니라고 했다.

"인두가 잘 달구어졌는지 알아보기 위해서 먼저 인두를 이렇게 물수건에 대 보는 것이다."

치지지직.

뜨거운 인두가 닿자 물수건에서 요란한 소리가 났다. 오엽주는 코로 인두의 냄새를 맡고, 입술 가까이에 가져다 댔다.

인덕이는 당장에라도 인두에 오엽주의 입술이 닿는 줄 알고, 숨이 멎을 뻔했다.

“이렇게 해서 적당한 온도를 찾는 거지.”

오엽주는 달궈진 인두로 인덕이 머리를 말았다. 인덕이의 머리에서 뜨거운 기가 훅 느껴졌다. 아주 잠깐 집게로 머리칼을 만졌을 뿐인데 머리칼 몇 가닥이 정말로 둥그렇게 말렸다.

철컹철컹.

고요한 미용실에는 인두 움직이는 소리만 났다. 잔뜩 뜨거워진 집게가 인덕이 머리 위에서 빠르게 움직였다. 오엽주의 설명과 함께 몇 분이 지났을까.

“이제야 좀 땟물을 벗었구나.”

오엽주는 고개를 모로 세우고 거울 속 인덕이를 보며 웃었다.

머리 끝자락이 볼 안쪽으로 들어갔을 뿐인데 인덕이 얼굴이 훨씬 어른스러워 보였다.

오엽주는 거울 속 인덕이를 보며 말을 이어 갔다.

“일본에서 유학할 때 일본인 미용사한테 처음 파마를 받았지. 완전히 다른 사람이 된 것 같은 기분이었어. 그 기술이 배우고 싶어 다시 미용사를 찾아갔지.”

“순순히 알려 주었어요?”

미정이의 눈이 동그래졌다.

"물론 미용사는 날 거들떠보지도 않았지. 그럴수록 오기가 생기더구나. 무작정 쳐들어가 허드렛일부터 찾아서 했어."

"혼자서요?"

"아니, 라이벌이 있었지."

"라, 라이발이 뭡니까?"

"서로 경쟁하면서도 어려울 때는 도와주고, 같이 발전하는 사람을 라이벌이라고 한단다. 내가 조선인 미용실을 경성에 처음 열고, 수습생 세 명을 둔 이유가 뭔지 아느냐?"

수습생들은 아무 말 없이 오엽주만 바라보았다.

"너희가 서로 좋은 라이벌이 되기 바랐기 때문이야. 너희는 각자 다른 재능이 있어. 그걸 발견하고 협력해서 더 높은 곳으로 날아가길 바랐지."

인덕이는 오엽주의 마음이 어떤 것인지 또렷이 이해하기 힘들었다. 하지만 서로 협력하면 더 높은 곳으로 갈 수 있다는 말은 무슨 뜻인지 알 것 같았다.

"정확히 한 달 뒤에 시험을 칠 것이야. 단발이랑 파마까지 연습 부지런히 하거라."

수습생들은 갑작스러운 통보에 놀라서 입만 벌리고 있었다.

"그 짧은 시간 동안 저 같은 초보가 어떻게 기술을 다 익힙니까?"

미정이가 머리를 긁적였다. 향심이 역시 난처한 얼굴로 오엽주를 쳐다보았다.

"혼자서는 못 할 것 같으면 모두 같이 답을 찾아라. 어찌하면 좋을지."

오엽주는 완성된 인덕이의 머릿결을 다시 매만지고 쓸어 넘기며 여유 넘치게 웃었다. 수습생들은 그 뜻을 몰라 고개를 갸웃거릴 뿐이었다.

수습생들은 시험에 대비해서 밤마다 각자 자기 머리를 지지며 연습을 했다. 하지만 며칠이 지나도 실력은 늘지 않았다.

"어휴, 이제 머리가 거칠거칠해져서 빗도 안 들어가게 생겼어요."

미정이는 머리에 동백기름을 바르며 말했다. 뜨거운 인두질에 지친 머리칼은 푸성귀처럼 거칠어져 있었다.

"나도 그래. 탈까 봐 낮은 온도로 했는데도 그러네."

향심이의 머리칼 역시 윤기를 잃고 있었다.

그때 인덕이가 미용실 구석에서 무엇인가를 들고 나왔다.

"언니들, 이것 좀 보세요."

인덕이의 말소리에 뒤돌아본 미정이와 향심이는 귀신을 본 것처럼 소리를 질렀다.

"에구머니!"

"엄마얏!"

인덕이가 양손에 괴상한 물건을 들고 오자 향심이가 짜증 섞인 목소리로 물었다.

"그게 다 뭐야?"

"헤헤, 연습용 머리 판을 만들어 봤어요."

그것은 두 쪽의 나무판자에 긴 머리칼 다발을 조금씩 묶어 놓은 것이었다. 산발이 된 머리칼이 언뜻 보면 거꾸로 매달린 귀신처럼 보였다.

향심이는 기가 차지도 않다는 얼굴이었다. 미정이도 징그러워하는 기색이 역력했다.

"이걸로 연습하면 실력이 금방 늘 거예요. 사람 머리칼이니까 인두 온도를 맞추는 연습도 매일 할 수 있고요. 타면 머리칼을 바꾸면 되지요. 그리고 단발하는 연습도 마음대로 하고요."

인덕이의 열띤 선전에 미정이는 나무판자를 들어 살펴보기 시작했다. 인덕이는 꿀깍 침을 삼키며 미정이를 쳐다보았다.

"그래. 생긴 게 좀 무서워서 그렇지, 쓸 만은 하겠다."

역시 미정이였다. 인덕이가 무척이나 기다렸던 말이었다.

"그래서 말인데요……. 언니들, 이걸 만들어 드릴 테니 우리 같이 연습해요."

인덕이의 갑작스러운 제안에 미정이와 향심이는 서로 얼굴을 마주 봤다.

"같이 하자고? 너 같은 천방지축이랑?"

향심이는 팔짱을 끼고 인덕을 꼬나보았다.

"예. 그러니까, 라이벌이 되자, 그 말씀이죠. 서로 앞서거니 뒤서거니 밀고 끌고, 당기고……."

인덕이는 멋쩍은 웃음을 지었다.

미정이는 향심의 눈치를 보더니 냉큼 향심이에게 나무판자를 내밀었다.

"언니, 우리 머리 다 태워 먹기 전에 이거 써 봅시다. 그 라이발인지 뭔지도 같이 하고요."

향심이는 '흠' 콧구멍으로 숨을 내쉬며 팔짱을 끼었다.

무슨 생각인지 좀처럼 알 수 없는 표정이었다.

"뭐, 생긴 건 이래도 쓸데는 있겠구나. 대신 징징거리지 말고, 끝까지 열심히 하기야."

"네! 언니!"

인덕이는 대답과 함께 빙글빙글 제자리를 돌았다. 향심이가 피식 웃었다. 인덕이의 본격적인 수련이 그렇게 시작되었다.

같이 연습을 하다 보니 인덕이는 서로 돕고 배우라는 오엽주 말이 무슨 뜻인지 알 수 있었다.

향심이는 나이만 많은 것이 아니었다. 수건을 하나 개켜도 깔끔하고 정확하게 했다. 한번 배운 기술은 몇 번이고 연습해서 끝까지 익혔다. 미정이는 타고난 감각이 있어서 머리 모양에 어울리는 화장이며 장신구들을 잘도 찾아냈다. 인덕이는 언니들을 따라 쉬지 않고 연습했다. 손은 좀 느리지만 언니들에게 보탬이 되어 보겠다며 부단히 연습하는 데 시간을 들였다.

"틀리면 계속 다시 하면 되지. 성공할 때까지 해."

먼저 익힌 기술을 인덕이에게 알려 주며 향심이는 그렇게 말했다. 인덕이는 그런 향심이가 멋져 보였다.

계속된 연습 때문에 손가락 마디마디 인두가 닿는 곳에는 모두 물집이 생겼다 터지기를 반복했다. 뜨거워진 인두를 코끝에 가까이 가져가다 정말 코를 데는 경우도 허다했다. 코는 반질반질해졌고, 입술은 부르텄다.

하지만 인덕이는 먹고 자는 시간도 아까울 지경이었다.

'손에 인두가 딱 붙을 때까지 연습해야 한다. 이걸 익혀야 제대로 된 미용사가 될 수 있어.'

인덕이는 아침에 두세 시간 일찍 출근해서 서양 잡지를 보고 여인들의 머리 스타일을 따라 그려 보았다. 처음에는 낯설고 이상하게만 보였던 여인들의 머리가 하루하루 달리 보이기 시작했다.

인덕이는 노란 공책에 그린 것들과 붙여 놓은 사진들을 향심이와 미정이에게도 보여 주었다. 그리고 사진 속 여인들의 머리 모양의 특징을 잘 살려 언니들과 함께 손 기술을 연마했다.

봄꽃이 피는지 지는지도 모른 채 화신미용실에서 시간은 흘러가고 있었다.

11. 공짜 미용실

미용사 대바겐

인덕이는 이렇게 써 온 길쭉한 종이를 버드나무 앞에 깔고 돌로 괴었다.

우물가에 늘어진 수양버들이 제법 시원한 그늘을 만들고 있었다. 물가에 부는 바람이 상쾌했다.

세 명의 소녀는 오가는 사람을 찾아 두리번댔다. 향심이가 짧은 한숨을 쉬었다.

"어휴, 내가 무슨 생각으로 널 따라왔는지 모르겠다."

"조금만 기다려 보세요. 아침나절 지나야 빨래터에 사람들이 좀 나오지 않을까요?"

인덕이는 고개를 돌려 주변을 살폈다. 인파로 가득했던 명치정◆과는 달라도 너무 달랐다.

지난 주 수습생들은 함께 명치정에 갔었다. 일 년에 두 번 돌아오는 대바겐 기간이었다. 인덕이는 사람들한테 1전만 받고 미용사 대바겐을 하면 어떻겠느냐고 말했다. 요금이 비싸서 미용실에 오지 못했던 사람들에게 싸게 머리를 해 주자는 거였다.

하지만 연습이 필요한 수습생들이 머리를 해 주고 돈을 받기는 어렵다는 게 향심이의 생각이었다. 결국 백화점이 쉬는 날 이렇게 공짜 미용실을 열게 된 것이다. 사실 말이 미용실이지 보자기와 가위, 빗, 수건 몇 장이 공짜 미용실 살림의 전부이긴 했다.

그때 어디선가 아이들이 뛰어나오는 소리가 났다. 먼저 달려 나온 아이들을 시작으로 빨래터에 하나둘 여인들이 모여들었다.

수습생들은 하얀 앞치마를 입고 우물가에 나란히 섰다. 숯불 인두로 바짝 말아 올린 머리를 하고 키 순서대로 쪼르르 서 있으니 더 눈에 띄었다. 아낙 하나가 향심이에게 말을 걸었다.

"뉘슈?"

"아, 저희는 종로 화신미용실에서 머리를 만지는 수습 미용사들입니다. 오늘 손님들에게 머리를 서비스해 드리려고 나왔습니다."

향심이가 잔뜩 긴장한 채 말했다.

"미용실? 싸, 사비스? 당최 무슨 말인지 모르것네."

◆ 오늘날의 명동.

분명 조선말인데 조선 사람이 알아듣지 못할 소리였다. 아낙은 고개를 갸웃대며 개울가에 철퍼덕 앉아 빨래를 시작했다. 빨래터에 나온 여인들은 누런 옷가지를 물에 담그며 이야기꽃을 피웠다.

인덕이는 여인들의 모습을 가만히 보았다.

단발을 한 이는 하나도 없었다. 대신 사내아이들은 보통 짧은 서양식 머리를 하고 있었다. 그래야 손질하는 데 신경을 덜 쓸 수 있으니 말이다.

인덕이는 저희끼리 뛰어다니는 아이들 몇을 불렀다. 그러고는 주머니에서 호박엿을 꺼내며 아이들에게 하나씩 나누어 주었다.

"얘들아, 공짜 미용실이 개울가에 생겼다고 동네 애들한테 선전 좀 해 줄래? 머리 자르고 싶은 사람 있으면 이 누나들이 해 준다고 말이야."

서넛 되는 아이들은 호박엿을 입에 물고 윗동네로 달려갔다. 호박엿 효과였을까? 잠시 후에 개울가에는 사내아이들이 버글버글했다.

"여기서 아가씨들이 공짜로 머리를 잘라 준다고?"

아이 손을 잡고 나온 할머니는 수습생들을 의심의 눈초리로 살폈다. 하지만 아이들 머리를 공짜로 손질해 준다는데 오래 따지고 있을 형편이 아니었다. 개울가에서 빨래를 하는 아낙들은 대부분 하루 벌어서 먹고 살기도 바쁜 사람들이었다.

아이들이 하나둘 보자기를 어깨에 두르고 개울가에 앉았다.

댕기 머리부터 더벅머리까지 고만고만한 아이들이 아롱이다롱이였다.

향심이와 미정이는 능숙하게 아이들 머리를 자르기 시작했다. 빨래터의 여인들은 자기 자식들의 머리를 다듬어 주는 미용사들을 보고 우물가 근처 솥에 물을 데웠다. 마을 사람들이 함께 쓰는 솥이었다.

인덕이는 머리를 자르고 온 아이들을 더운물로 씻겨 주었다.

"누나가 씻겨 줄 테니, 머리 대 봐."

더운물에 비누로 씻은 아이들은 반질반질 윤이 나는 사과 같았다.

어른들 사이에서 서너 명의 아이들이 자기 순서만 기다리고 있었다. 손님이 점점 많아져서 기다리는 아이들이 생겼다.

"인덕아, 손님이 계속 줄을 서 있어. 안 되겠다. 애들 머리는 너도 같이 자르자."

"예?"

"아이들 머리는 그래도 자르기 어렵지 않아. 너 혼자 연습할 때처럼 자르면 충분히 할 수 있을 거야."

향심이가 뜻밖에 자기 가위를 내밀었다. 거짓말 조금 보태서 목숨처럼 아낀다는 가위였다.

한번 해 보라는 표정을 보니 인덕이는 오히려 긴장이 되었다. 하지만 인덕이는 향심이의 가위를 받았다. 손잡이에 아직 온기가 남아 있었다.

인덕이는 크게 숨을 들이쉬고 파란 보자기를 맨 소년의 뒤에 섰다. 처음으로 맞이한 '사람' 손님이었다.

"어찌 잘라 줄까?"

"누나, 저 머리 짧게 잘라 주세요. 아주 짧게요."

"왜?"

"제 꿈이 인력거꾼이거든요. 그런데 말쑥한 사람만 인력거꾼으로 뽑아 준대요. 누나가 깨끗하게 머리를 잘라 주면 저도 뽑힐지 누가 알아요?"

"그럼 누나 손에 네 꿈이 달린 거야? 와, 진짜 정성스럽게 잘라야겠다."

인덕이는 벌렁거리는 가슴을 진정하며 조금씩 소년의 머리칼을 잘랐다. 소년은 가위가 머리를 훑고 지날 때마다 흠칫 놀라는 것 같았다.

사각사각.

인덕이의 가위질에 소년의 뒤통수의 머리칼이 조금씩 반듯해졌다.

'나무판자나 바가지에 머리를 붙여서 연습한 거랑은 완전히 느낌이 다르구나.'

인덕이는 사람 머리를 자른다는 것이 새삼 특별하게 느껴졌다.

첫 번째 손님이 일어나자마자 인덕이는 두 번째 손님 뒤로 자리를 옮겼다.

이번에는 꼬질꼬질한 머리칼이 목덜미를 다 덮고 있는 더벅머리 소년이었다. 때가 덕지덕지한 삽살개 한 마리가 의자에 앉아 있는 것 같았다.

"어떻게 잘라 줄까?"

인덕이의 물음에 아이는 아무 말이 없었다. 제 옆에 바짝 붙어 있는 할머니를 바라볼 뿐이었다. 할머니가 지팡이를 짚고 힘겹게 서 있었다.

"할머니, 손주 머리 어떻게 할까요?"

인덕이는 할머니에게 물었다.

"응? 뭐라고? 뭐라고 하는지 하나도 안 들려."

할머니는 눈을 껌뻑이며 귀를 인덕이 쪽으로 가까이 했다.

잔뜩 주름진 얼굴을 보니 인덕이도 할머니 생각이 났다. 인덕이는 웃으며 할머니를 우물 근처 바위에 앉혀 드렸다.

그러고는 아이 앞에 서서 물었다.

"어떻게 잘라 줄까?"

아이는 대답 없이 마을에서 내려오는 길만 쳐다보고 있었다. 아이의 시선을 좇아가니, 한 소년이 손을 흔들며 달려오고 있었다. 꼬마 손님보다 두어 살 많은 형 같았다. 순식간에 나타난 형은 동생의 머리를 쓰다듬으며 숨을 가쁘게 쉬었다.

"헥헥, 내 동생 말 못 해요. 그러니까 누나가 말끔하게만 잘라 주세요."

인덕이는 더벅머리를 빗고, 천천히 머리칼을 자르기 시작했다.

흑요석처럼 빛나는 아이의 눈동자가 점점 드러났다. 붓으로 그어 놓은 것 같은 굵은 눈썹도 보였다.

"너 정말 잘생겼구나. 배우 해도 되겠다."

아이의 표정이 바뀌는 줄도 모르고 인덕이는 무엇인가에 홀린 듯 가위질을 했다.

"이제 됐다. 어때?"

인덕이가 가위질을 멈추고 아이에게 거울을 보여 주었다. 아이는 도토리가 제 몸뚱이에 꼭 맞는 깍지를 한 듯 말끔해진 모습이었다.

아이가 손짓으로 뭐라고 하고 있었다. 형은 동생 손짓을 알아듣고는 함박웃음을 지었다. 재미있어 죽겠다는 표정이었다.

"동생이 맘에 든다고 그러지?"

인덕이는 이마가 반은 훤히 나와 있는 동생의 앞머리를 살폈다. 제 나름대로 신경을 쓴 부분이었다.

"동생이 가위가 꼭 춤을 추는 것 같대요. 누나 별명은 앞으로 춤추는 가위예요."

"춤추는 가위라고? 호홋, 내 실력이 좀 화려하긴 하지."

인덕이가 한껏 으스대는 표정을 지었다. 턱을 추켜들고 고개를 주억거리는 모습을 보고는 형이 웃음을 터뜨렸다.

"크하하! 아니요. 누나 가위질에 빡빡이 되기 전에 그만 자르고 싶대요."

"뭐라고?"

인덕이는 아랫입술을 꾹 깨물며 눈을 흘겼다. 그리고 방긋 웃으며 주머니 속에서 무엇인가를 찾아 몰래 형 손에 쥐어 주었다.

"암튼 고맙다. 이건 별명 지어 준 값이야."

빨간색, 초록색 사탕이었다. 왕방울만 한 것이 형제의 눈망울을 닮았다.

"고마워요. 춤추는 가위 누나!"

형제는 볼 한가득 사탕을 물고 돌아갔다.

"가위가 진짜 춤을 추듯 좀 움직여 주면 좋겠다!"

인덕이는 기지개를 쭉 켰다. 공짜 미용실 주변의 공기가 한없이 달았다.

12. 빛나는 가위의 주인

시험 보는 날은 왜 그렇게 빨리 올까.

수습생들은 시간에 끈을 달아 소말뚝에 묶어 놓고 싶었지만 흘러가는 시간을 잡을 수는 없었다. 드디어 미용사 시험이 있는 날이 되었다.

"조선 남자들은 단발령 때문에 강제로 머리칼을 잘랐다. 하지만 여성들은 자기 의지대로 머리를 잘랐지. 사람마다 다 생각이 다르겠지만, 나는 그게 숨겨진 자신만의 개성을 드러내기 위한 여성들의 몸부림이 아닐까 생각한단다. 하여, 오늘 너희들 시험 주제는 '숨겨진 아름다움'으로 정한다. 손님들에게 어울리는 모습을 찾아 주는 게 너희의 몫이야."

이렇게 말하는 오엽주 뒤로 세 명의 여인이 들어왔다.

이번에는 어디에서 모셔 온 분들일까, 인덕이는 여인들을 가만히 살펴보다 멈칫했다.

여인들은 무슨 머리를 해도 어울릴 것 같은 모던걸이 아니었다. 무엇을 하는 여인들인지 모두 데데한 차림새였다.

인덕이가 맞이한 손님은 스무 살 남짓의 여인으로 얼굴에 그늘이 드리워져 있었다. 목덜미를 덮는 머리칼은 부스스했는데, 가르마 양옆 머리로 귀와 볼을 잔뜩 가렸다. 검은 머리칼 사이로 눈과 코, 입만 겨우 나와 있으니 어쩐지 으스스한 느낌이 들기도 했다.

인덕이는 어렵기만 했다.

'숨겨진 아름다움을 어떻게 찾는담? 어디 예쁜 구석이 없는 것 같은데.'

인덕이는 이제 머리통 모양대로 자르는 거라면 어느 정도 자신이 있었다. 공짜 미용실을 몇 번이나 더 열었더니 제법 단발로 자르는 경험이 쌓였다.

"손님, 머리를 어떻게 자르고 싶으신가요?"

"길게, 자르고 싶어요."

손님이 수줍게 입을 열었다.

"손님은 머리숱이 많으시고, 모발이 까치 꼬리처럼 쭉쭉 뻗어 있어요. 머리를 짧게 잘라도 잘 어울릴 것입니다."

인덕이는 머리칼을 들어서 손님에게 짧은 기장을 보여 주려 했다. 이 정도 어떠세요, 하려던 참이었다.

"헛, 안 돼요!"

손님이 갑자기 목소리를 높였다. 그와 동시에 인덕이는 손님 한쪽 볼에 자리한 깊은 흉터를 보았다.

'아니? 이건?'

불에 덴 자국인지 관자놀이 아래로 오른쪽 볼이 쭈글쭈글했다. 그 모습에 인덕이는 저도 모르게 미간에 주름이 졌다.

"죄, 죄송합니다."

인덕이는 당황해 하며 허리를 굽혔다.

"아니에요. 보셨겠지만 전 이걸 꼭 가려야 합니다."

포기한 듯 힘없는 목소리였다. 인덕이 역시 고개만 겨우 끄덕였다.

"시골에서 댕기 머리를 땋고 다닐 때는 이게 늘 놀림거리였어요."

손님이 먼저 말을 꺼냈다. 인덕이는 무슨 말을 해야 할지 몰랐다.

손님은 인덕이의 시선을 외면한 채 천천히 말을 했다.

"경성에 올라와서 공장에 다니면서 바로 단발을 했어요. 머리를 자르고 흉터만 가리면 모던걸처럼 자신감이 생길 줄 알았지요. 하지만 아니더군요. 오른쪽 머리로 얼굴 반을 가렸으니, 왼쪽 머리로도 얼굴 반을 가릴 수밖에 없었어요."

그간 손님이 얼마나 마음고생을 했을지 인덕이는 가늠하기도 힘들었다.

손님을 돕고 싶다는 마음이 드는 순간, 인덕이는 제 노란 공책이 떠올랐다. 냉큼 공책을 가지고 와 손님에게 보였다.

"손님, 단발 중에 이런 스타일이 있습니다."

사진 속에는 깃털이 달린 머리핀을 한 서양 여인이 싱긋 웃고 있었다. 왼쪽 머리와 오른쪽 머리 길이가 서로 다른 스타일이었다.

"손님도 얼굴형이 갸름하시니 왼쪽 얼굴을 더 돋보이게 짧게 해 보면 어떨까요?"

"이렇게 세련된 스타일이 나한테 어울릴까요?"

"사진 속 여성처럼 이목구비가 또렷하고 고우시니 잘 어울릴 것 같은데요."

"그럼, 한번 해 볼까요?"

용기를 낸 여인의 눈이 반짝였다.

인덕이는 한 번도 해 본 적 없는 스타일로 머리를 잘라야 했다.

'이 머리는 왼쪽과 오른쪽이 길이가 달라 불균형해 보이지만, 머리 전체를 놓고 보면 달팽이 등껍질의 무늬처럼 자연스럽게 연결되어야 한다.'

인덕이는 눈을 감고 그동안 공부했던 많은 기술을 생각해 보았다. 그러고는 가위를 잡고 손을 간절히 모았다.

'신령님, 부처님, 조상님, 손님의 상처를 조금이라도 낫게 해 주는 그런 머리를 만들게 해 주세요.'

바싹 마르는 입을 풍선처럼 부풀리며 인덕이는 집중, 또 집중했다.

"이 일은 할머니를 위한 일이냐, '너'를 위한 것이냐?"

언젠가 오엽주가 인덕이에게 물었다.

인덕이는 당연히 할머니 때문에 미용 일을 배우고 있다고 말했다. 할머니 약값을 벌려고 시작했고, 그래서 할머니를 생각하면 힘이 난다고 생각했다.

하지만 지금 인덕이는 즐거웠다. 오로지 자기 마음속에서 즐거움이 느껴졌다. 어깻바람이 절로 났다.

'재미있구나. 사람들 이야기를 듣는 것도, 그 손님들 마음에 꼭 드는 머리를 하는 것도.'

어느새 인덕이에게는 오늘 시험이 문제가 아니었다. 인덕이만 믿고 있는 손님의 마음, 그것을 사로잡고 싶었다.

"완성되었습니다. 손님."

머리칼을 자르기 전에는 몰랐는데 머리 길이 한 치가 길고 짧고 한 것이 전체 모양에 큰 영향을 미쳤다. 아직 노련하지 못한 인덕이는 시간을 쓰고, 공을 들이는 수밖에 없었다.

한 치씩 집중해서 머리칼을 자른 탓에 인덕이의 이마에는 땀이 송골송골 맺혔다. 얼굴에는 손톱 길이만 한 머리칼들이 땀에 젖어 다닥다닥 붙어 있었다.

"꼭 다른 사람이 앉아 있는 것 같아요. 마음에 들어요."

손님은 수줍은 미소를 짓고 있었다.

"정말이세요? 감사합니다."

인덕이는 손님 손을 덥석 잡았다. 손님은 인덕이를 보며 고개를 끄덕였다.

정말 머리 모양 하나 바꾼다고 손님에게 자신감이 생길지 인덕이는 알 수 없었다. 하지만 돌아가는 여인의 뒷모습을 보며 지금 이 순간만이라도 손님이 만족하면 그걸로 되었다고 생각했다.

하지만 아직 시험이 끝난 것은 아니었다.

"점수 발표를 하마."

오엽주가 콧잔등 위 안경을 들어 올리며 수습생들을 쳐다봤다.

"임미정 점수. 병(丙)."

"예? 갑을병정 중에 병이라고요?"

"그래. 넌 손님 평가 점수로만 보면 실격이다."

미정이는 나름대로 머리 모양을 만들었지만, 손님은 만족하지 못한 모양이었다.

"사실 손님도 이해하지 못한 자기 아름다움을 제가 어찌 찾습니까? 숨겨진 아름다움이라니 너무 어려웠습니다."

미정이는 한숨을 쉬었다. 하지만 얼굴은 차라리 홀가분하다는 표정이었다.

"하지만 사장님, 손님이 바라는 대로 하는 게 우리 미용사의 할 일 아닌가요?"

미정이는 최선을 다했다는 것만큼은 오엽주가 알아주길 바랐다.

“그렇지. 손님의 요구를 들어주는 게 우리 의무다. 또 반대로 손님이 원하는 건 생각하지 않고 자기 기술만 믿고 달려드는 건 손님에 대한 예의가 아니지. 오만이다. 미정이는 적어도 오만하지 않았어. 더 정진해라.”

발표가 이어졌다.

“이향심, 갑(甲). 김인덕, 갑(甲)이다. 둘 다 아주 잘했어. 하지만 최고 점수를 받은 향심이에게 약속대로 가위를 주마.”

가위의 주인은 예상대로 향심이였다. 향심이는 빛나는 가위를 받아 들고 눈물을 글썽였다.

인덕이는 가위를 갖지 못했지만 하나도 아쉽지 않았다. 오히려 갑을 받고 시험을 통과한 것만으로도 바지런히 달려온 보람이 느껴졌다.

‘드디어 나도 어엿한 보조 미용사가 된 거야.’

인덕이는 미용사라는 말을 입속에서 몇 번이나 곱씹었다. 그 말에서 곶감같이 달짝지근한 맛이 느껴지는 것만 같았다.

13. 부르봉 호텔 출장

이른 아침, 인덕이는 드르륵거리는 일본식 미닫이문을 조심조심 열었다. 향심이와 미정이가 인덕이 뒤를 따라 나왔다. 출근 시간이 다가오니 큰길로 향하는 오솔길에 드문드문 사람이 보였다.

“이 길을 걸어서 미용실에 다니기 시작한 지도 벌써 몇 달째네. 시간 진짜 빠르다.”

향심이는 아직 몸이 찌뿌둥한지 연신 하품을 해 댔다.

푸릇푸릇했던 오솔길 풍경이 한여름의 풍경으로 바뀌고 있었다. 길 한쪽에 심어진 나무에 하얀 꽃이 무더기로 피었다.

순간 불어오는 바람에 꽃들이 날아와 소녀들 품에 안겼다.

“어머나, 이게 뭐야?”

미정이가 활짝 웃으며 꽃보라 속을 빙글빙글 돌았다. 향심이는 꽃을 주워 향기를 맡았다.

"이팝나무 꽃이에요. 사람들이 이 밥 좀 봐, 하고 부르면서 이팝나무가 되었대요."

인덕이는 어려서부터 할머니에게 우리 땅에 사는 푸나무에 얽힌 이야기를 자주 들었다. 모르면 다 같아 보이는 나무나 풀이 이름을 알고 나면 모두 다르게 보였다. 계절이 바뀌는 것은 이런 나무나 꽃들이 먼저 알려 주었다.

'진짜 밥처럼 생겼구나. 꽃들아, 나도 지금 밥벌이가 될 내 일을 찾아 가고 있어.'

인덕이는 이팝나무 꽃길을 한 발 한 발 힘주어 걸었다.

미용실에 도착해 보니 가게에는 구수한 커피향이 가득했다. 오엽주가 아침부터 뜨거운 커피를 마시는 것을 보니 오늘은 중요한 일이 있는 모양이었다. 오엽주는 커피가 집중을 하기 위한 명약이라고 했다.

"오늘 오후엔 향심이와 미정이가 미용실을 책임지고, 인덕이는 나를 따라오렴. 출장 갈 일이 있어."

아주 가끔이지만 오엽주는 친분이 있는 고관대작 부인들 집에 출장을 갔다. 보조 미용사가 되니 이런 출장도 따라가게 되나 보다 하고 인덕이는 뿌듯한 마음이 들었다. 향심이와 함께 출장용 가방을 준비할 때도 인덕이는 마냥 들떠 있었다.

"출장 가서도 이렇게 방방 떠 있을 셈이야? 오늘 호텔 연회에 간다고 하셨으니까 사장님 보필 잘하고 와."

"예에, 예."

향심이가 염려해 주는 말도 다른 날보다 더 기분 좋게 들렸다.

'보조 미용사가 되고 첫 출장이다!'

택시는 시원하게 뚫린 대로를 달려 정동에 있는 부르봉 호텔에 도착했다. 인덕이는 태산처럼 높이 쌓인 붉은색 벽돌로 지어진 호텔의 외관에 압도되었다.

게다가 막대 아이스크림처럼 생긴 높다란 기둥 사이에 뚫린 검붉은 색 문은 마치 다른 세계로 가는 문처럼 이국적으로 보였다. 문을 지나니 잘 다듬어진 향나무가 드문드문 심어진 정원이 나왔다. 정원 둘레에는 빨갛고 노란 앉은뱅이 꽃들이 화분 위에서 제 매력을 뽐내고 있었다.

택시에서 내리자, 어디서 튀어나왔는지 양장을 차려입은 문지기가 오엽주와 인덕이를 안내했다. 무거운 출장 가방도 문지기가 대신 들어 주었다.

일행은 호텔의 1층 안쪽에 넓은 연회장에 들어섰다. 연회장 무대에서는 악기를 연주하는 이들이 분주하게 움직였다. 특히 한 남자가 다리 사이에 커다란 악기를 두고, 줄을 활대로 문질렀더니 상상도 못한 소리가 흘러나왔다. 시냇물이 굽이굽이 흐르는 듯 부드럽고 숲을 달리는 것처럼 거침없는 소리였다.

자꾸 그쪽으로 눈길이 갔지만, 인덕이는 연회장을 가로질러 이

내 한쪽 구석에 달린 문 앞에 이르렀다. 문을 열자 익숙한 향이 훅 끼쳐 왔다. 미용실 냄새였다.

방에는 자그마한 화장대가 띄엄띄엄 놓여 있었다. 거울 가장자리에는 아기 주먹만 한 백열등이 줄지어 켜져 있었다.

"여기는 호텔 연회장 뒤쪽 분장실이다. 작은 미용실 같은 거야. 오늘 여기서 여러 나라 대사들과 일본의 고관대작들이 연회를 한다는구나."

오엽주 역시 이런 출장은 처음이라고 했다. 사장님 같이 대단한 사람도 처음인 게 있다니, 인덕이는 쿡쿡 웃음이 났다. 오엽주도 낯선 풍경의 방을 이리저리 둘러보았다.

"그런데 왜 미용실에 가지 않고, 여기 모여서 치장을 한대요?"

"서양에는 샤프롱이라는 게 있어. 여성들이 무도회나 연회장에 갈 때 치장을 도와주는 사람들이지. 서양인들이 조선에 오면서 샤프롱까지 데리고 올 수 없었으니, 이렇게 연회가 생기면 미용사를 불러 머리나 화장을 하는 게지."

인덕이는 오엽주의 말을 듣고 분장실 안의 사람들을 다시 살펴보았다.

희뿌옇게 화장을 하고 기모노를 입은 무리와 양장 차림에 하얀 가운을 입은 미용사 무리가 화장대에 미용 기구 같은 것을 올려놓고 있었다. 서로 맡은 일이 있는지 각자 가방을 정리하기 바빴다. 보조 미용사뿐만 아니라 수습생까지 데리고 왔는지 적지 않은 수였다.

'이런 곳에 화신미용실 보조 미용사로 들어오게 되다니.'

인덕이는 생각할수록 자신이 대견스러웠다. 그리고 오늘은 뭔가 더 열심히 해야겠다는 생각이 들었다.

일본이 조선 땅을 차지하며 이제 두 나라가 하나의 나라라고 주장을 한다지만, 인덕이는 자기가 일본인이라는 생각을 한 번도 해 본 적은 없었다. 하지만 무슨 일을 할 때, 조선인으로서 책임감을 느끼거나 자부심을 느껴 본 적도 없었다.

그런데 오늘은 조선인으로서 왠지 일본 미용사보다 뭐든 잘하고 싶었다. 이상한 일이었다.

"그럼, 우리가 조선 대표 아닙니까?

인덕이가 어깨를 으쓱했다.

"누가 우리한테 대표를 시켰니? 나는 그런 거 한다고 한 적 없다. 출장 한 번 온 거 가지고 호들갑 떨지 마. 우리를 불러 주신 분은 따로 계시니까……."

오엽주가 인덕이를 보고 눈을 흘겼다. 그리고는 바빠지기 전에 요깃거리가 될 만한 것을 사 오겠다고 분장실을 나섰다.

잠시 후 손님들의 발걸음이 드문드문 이어졌다. 가만히 보니 손님이 빈 화장대 의자에 앉으면 미용사가 알아서 머리를 해 주는 모양이었다. 특별히 미용사가 손님과 머리 모양에 대해 이야기를 나누는 것 같지는 않아 보였다.

인덕이 역시 가만히 있으면 안 되겠다는 생각이 들었다. 냉큼 일어나 분장실에 드문드문 들어오는 여인들에게 말을 걸었다. 손님이 오지 않으면 먼저 다가가면 될 일이었다.

"손님, 저희는 화신미용실에서 나왔습니다."

인덕이는 여인들을 보며 싹싹하게 말했다.

"화신미용실로 오십시오. 저쪽 끝입니다."

이쪽저쪽에 있는 일본인 미용사들의 따가운 시선이 느껴졌지만, 못 본 척했다. 다른 사람을 신경 쓸 겨를이 없었다.

하지만 이내 하얀 가운을 입은 큰 키의 미용사가 인덕이 앞을 가로막았다. 스물대여섯 살은 되어 보이는 얼굴에 주근깨가 가득했다.

"야!"

주근깨는 대뜸 반말로 인덕이에게 따졌다.

"뭐 하는 거야? 여기가 국밥집 모아 놓은 장터인 줄 알아? 어디서 굴러먹다 온 게 손님을 빼 가려고 하는 건지 모르겠네."

"아, 전 그냥 손님들께 우리 미용실도 있다는 걸 알려 드리려……."

"됐고. 여긴 너 같은 따까리가 와서 호객이나 하는 곳이 아니다. 격조 높은 부인들이 미용사 실력을 보고 찾아오는 곳이야."

말본새가 거칠었지만 인덕이는 이를 맞받아쳤다. 잔뜩 턱을 세우고 말했다.

“저 따까리 아닙니다. 저도 어엿한 보조 미용사예요.”

“허! 미용사?”

주근깨는 혀를 찼다.

“정식으로 가위질도 배우고, 파마도 배웠어요.”

“순진한 건지, 멍청한 건지. 여기서 누가 너한테 머리를 맡기겠니? 미용이 뭔지도 제대로 모르는 조선인 미용사 따위한테 말이야. 가위만 잡으면 다 같은 미용사인 줄 아나 본데, 우리 사장님은 일본 미용 학교에서 미용을 배우신 분이야. 너랑 격이 다르다고.”

“우리 사장님도 일본에서 미용 배우고 오셨거든요! 저도 사장님한테 배우고 있고요!”

인덕이도 각을 세웠다. 주근깨는 입을 비틀며 비웃었다.

“자꾸 배웠다고 우기는데, 그럼 네가 내 인두를 써서 파마를 해 놓으면 인정해 주마.”

인덕이는 망설임 없이 고개를 끄덕였다. 그쯤이야, 뭐 어려운 일도 아니었다. 인덕이도 제 나름대로 연습으로 다져진 몸이었다.

인덕이는 주근깨와 함께 화장대 앞으로 갔다. 그런데 주근깨는 처음 보는 모양의 인두를 내밀었다. 가위에 빗대자면 날 부분이 동그랗게 말린 인두였다. 인덕이가 써 온 것과 생긴 것도, 크기도 달랐다.

주근깨는 숯이나 물을 가져다주며 시중을 들어 주는 여자아이 하나를 불렀다. 초보 수습생인 듯했다.

“잘 봐 둬라.”

아이가 의자에 앉자 주근깨는 아이의 긴 머리 한쪽을 대뜸 인두로 말았다. 재빠른 손놀림이었다. 아이의 오른쪽 머리칼이 긴 곡선을 그리며 찰랑였다.

“자, 이번에는 너야.”

인덕이는 주근깨가 내미는 인두를 들었다.

생각보다 더 무거웠다. 미용 기구가 아니라 사람 잡는 무기처럼 느껴졌다. 인덕이의 작은 손에 맞지 않아 인두가 흔들흔들했다. 하지만 파마하는 인두가 달라 봤자 거기서 거기 아닌가? 인덕이는 손아귀에 힘을 주었다.

‘잘하고 싶다. 잘하고 싶어.’

머릿속에 온통 이 생각뿐이었다. 인덕이는 인두를 들어 제가 원래 해 온 대로 코와 입술 근처에서 인두의 온도를 느꼈다.

‘핫!’

뜨거운 기운이 한꺼번에 입술에 닿았다. 입술이 화끈화끈했다.

하지만 이 아이의 왼쪽 머리를 오른쪽 머리보다 예쁘게 해야 했다. 아니, 오른쪽과 균형을 맞춰 그와 아주 비슷하게 만들어 낸다면 주근깨의 코가 납작해지겠지? 인덕이는 이리저리 생각을 하며 뒷머리부터 머리를 말았다.

치지직!

너무 뜨거운 인두에 머리칼이 살짝 탔는지 냄새가 났다.

“죄, 죄송해요.”

인덕이는 얼른 인두를 머리칼에서 멀리 떼고 다시 온도를 조절했다. 다시 머리칼을 세 등분으로 나누고 옆머리를 인두로 말았다.

“앗, 뜨거워요!”

아이는 깜짝 놀라 자리에서 일어나서 인덕이를 흘겨보았다. 싫은 표정이 역력했다.

‘다시 할 수 있어.’

인덕이가 이런 맘을 먹을수록 손은 마음먹은 대로 움직여 주지 않았다. 긴장감에 뒷목이 쭈뼛 서는 것은 물론이고, 심장이 벌렁거렸다. 인두를 든 손이 가늘게 떨렸다.

“풉!”

인덕이는 비웃음이 들리는 쪽으로 고개를 획 돌렸다. 주근깨였다.

“키도 작고, 손도 작고, 힘도 없는 애가 뭘 한다고 설치고 다니나 했다. 그럼 그렇지. 인두 잡는 법부터 틀렸어. 아주 엉망진창이구나!”

주근깨는 킥킥 소리를 내며 웃었다.

주근깨가 그렇게 소리치는 바람에 사람들이 모두 인덕이 쪽을 쳐다보았다. 인덕이는 자신을 향하는 수많은 시선과 마주했다.

무표정한 사람들, 혀를 차는 사람들, 하나 같이 인덕이를 보고 낄낄거리는 것 같았다. 인덕이는 볼 양쪽이 뻣뻣해졌다.

"거 봐. 할 수 있을 리가 없잖아."

"큰소리치길래, 멋지게 할 줄 알았더니. 자기 미용실 망신은 혼자 다 시키고 있네."

일본 말 사이로 비집고 들어온 조선말이 귀에 꽂혔다. 호텔에서 일을 하는지, 앞치마와 머리 수건을 두른 소녀들이 수군거리는 소리였다. 인덕이 또래 같았다.

'망, 신?'

인덕이의 입술이 바짝 말랐다. 인덕이는 머무적머무적 인두를 다시 쥐었다.

"그만해라. 이 정도 실력이면 다시 태어나도 못 할 테니까."

"아녜요, 제가 얼마나 연습을 했는데. 전 할 수 있……."

인덕이는 인두가 조금 전보다 몇 배나 더 무겁게 느껴졌다.

"꼴사나워."

"뭐라고요?"

인덕이는 주근깨의 말에 손을 떨구었다. 무슨 소리인가 싶어 주근깨의 일그러진 얼굴을 바라봤다.

"노력하면 뭐든 된다고 생각한다는 게 꼴사나워 보인다고 했다. 세상엔 아무리 노력해도 안 되는 게 있어. 내가 여기까지 오는 데 몇 년이나 걸린 줄 알아? 수습만 3년이야. 그래도 일본인 사장은 기술을 다 가르쳐 주지 않았어. 왜? 내가 조선인이니까. 조선인한테는 노력할 기회조차도 공평하게 주어지지 않아. 이 세상이 그렇다고. 그래서 너 따위 애들이 미용삽네, 하면 내가 속이 뒤집혀."

주근깨의 말이 인덕이의 가슴에 콕콕 박혔다.

인덕이 할머니도 비슷한 말을 한 적이 있었다. 일본인이 지배하는 조선에서 산다는 것은 눈에 보이는 것부터 보이지 않는 것까지 온갖 핍박과 불공평함, 차별에 익숙해지는 것이라 했다. 그것에 의문을 품고 항의를 시작하면 조선 땅에서 제정신으로 살기 힘들다고도 했다. 그래서 그걸 하루라도 빨리 바꾸려고 인덕이 부모님이 멀리 떠난 것이라고 했다. 인덕이만큼은 다른 누구의 땅도 아닌 조선인의 땅에서 조선인으로 살게 해 주겠다고 말이다.

멀리서 자기 일을 하던 일본인 미용사 하나가 주근깨에게 다가와 무언가 말을 했다. 짜증스러운 표정이었다. 그러자 주근깨는 비웃음을 지우고, 인덕이를 노려보며 말했다.

"넌 졌어. 앞으로는 어디 가서 미용사라고 하지 마라, 알았지?"

일본인의 말을 전한 것인지, 주근깨가 직접 하는 말인지 생각할 겨를도 없었다. 인덕이 얼굴이 잔뜩 붉어졌다.

하하하. 호호호.

인덕이는 사람들의 비웃음이 치맛단을 붙잡고 몸 위로 기어 올라오는 것 같았다.

부끄러움에 몸이 쪼그라들어 어디든 숨고 싶은 마음뿐이었다. 하지만 막상 문을 여니 어디로 가야 할지 알 수 없었다. 길을 모르는 막막함 때문인지, 일본인 미용사의 보조 미용사에게 보기 좋게 져서인지, 눈앞이 희뿌옇게 변했다.

인덕이는 눈물을 훔치며 호텔 정문을 뛰쳐나와 문에서 한참 떨어진 낮은 화단 사이에 몸을 웅크리고 앉았다.

'바보같이, 내가 무슨 미용사라고…….'

인덕이는 두 손으로 얼굴을 싸쥐고 고개를 숙였다. 도망치고 싶은 마음이 들 뿐이었다.

14. 본디 즐거운 일

"혹시, 미용사 아가씨?"

인덕이는 누군가의 목소리에 눈물을 훔쳐 냈다.

고개를 들어 보니, 먼저 보인 것은 햇살에 빛나는 붉은 머리칼이었다. 이런 머리칼을 본 적이 있었지, 생각과 동시에 러시아 대사 부인의 얼굴이 인덕이의 눈에 들어왔다.

부인은 걱정스러운 얼굴로 인덕이를 쳐다보고 있었다. 그 옆에는 미카가 엄마 손을 잡고 있었다. 미카는 사람과 똑 닮은 인형을 손에 들고 있었다.

인덕이는 부인을 알아보고 벌떡 일어나 인사를 했다. 하지만 눈물로 얼룩진 얼굴을 보이기 싫어 땅만 쳐다보았다.

인덕이 마음을 아는지 모르는지 미카가 인덕이 옆에 와 손을 꼭 잡았다. 작은 온기가 느껴졌다.

"무슨 일 있는 거야?"

통역사의 물음에 꾹꾹 눌러서 참았던 눈물이 또 왈칵 나올 것만 같았다. 인덕이는 적당한 말을 찾지 못했다. 미주알고주알 이르기엔 바닥을 드러낸 제 실력이 부끄러웠다.

"별일 아닙니다."

인덕이가 고개를 저으며 말했다. 통역사가 부인에게 말을 전하자, 대사 부인은 인덕이를 보고 고개를 끄덕였다. 그러고는 고개를 돌려 앞서 걸었다. 언뜻 스친 얼굴이 왠지 모르게 차가운 표정이었다.

'뭐가 마음에 안 드시기라도 했나?'

인덕이는 잠깐 눈치를 봤지만 이내 미카의 손에 이끌려 호텔로 따라 들어갔다.

키가 큰 부인이 성큼성큼 연회장으로 향했다. 그리고 익숙하게 분장실 문을 열었다. 분장실에 있는 일본 미용사 무리가 부인을 알아보고 허리 굽혀 인사를 했다. 일본인 미용사는 특유의 사근사근한 몸짓으로 부인의 시중을 들기 위해 모여들었다. 하지만 부인은 고개를 빳빳이 들고 분장실을 휘둘러보았다. 문에서 가장 멀리 있는 거울 앞에 서 있는 오엽주를 발견하고는 그제야 발걸음을 옮겼다.

일본 미용사들은 모두 멍하니, 그 모습을 지켜보았다.

인덕이는 그제야 오엽주를 따로 불렀다는 사람이 누구인지 알 수 있었다.

"미스 오우."

"헬로우, 마담."

러시아 대사 부인과 오엽주는 잠깐 서로를 부둥켜안으며 인사했다. 볼을 맞대고 인사하는 모습이 꽤 친밀한 모양이었다.

"인덕아, 이제 인두와 물을 준비하렴. 화장수와 마사지 크림, 손수건도 챙겨 놓아라."

인덕이는 재빨리 오엽주가 말한 대로 했다. 따뜻한 물에 화장수 몇 방울을 떨어뜨리고 손수건을 적셨다. 그리고 물기를 꽉 짠 손수건을 부인 얼굴에 올려놓았다.

"음."

부인은 장미꽃 향기에 기분이 좋아졌는지 부드럽게 숨을 내쉬었다. 미카는 그런 엄마 옆에서 잔뜩 궁금한 얼굴로 코를 킁킁거렸다. 호기심이 아주 많아 보였다.

오엽주는 몸을 숙이고 부인의 손을 마사지해 주었다. 예부터 조선인들은 작은 손을 온몸의 축소판이라 여겼다는 오엽주의 말을 통역사가 옮겨 주었다.

그때 서너 명의 일본인 미용사들이 무리 지어 대사 부인 옆에 섰다. 조곤조곤 말하는 것 같지만 표정이 좋지 않았다. 통역사가 그들의 말을 전하자 부인이 얼굴을 가린 수건을 손수 치웠다.

"뭐라고 하는 겁니까?"

이를 본 인덕이가 오엽주에게 물었다. 일본 말을 알아들은 오엽주는 안경 너머로 알 수 없는 표정을 지었다.

"정식 일본인 미용사도 아닌데, 왜 부인께서 나에게 머리를 맡기는지를 묻는구나."

인덕이는 제 사장님이 더 머리를 잘하니까 그렇지, 그걸 몰라서 묻나 하는 생각이 들었다. 게다가 부인이 누구한테 머리를 맡기든 댁들이 무슨 상관이냐고 한마디 해 주고 싶었다. 하지만 결국 실력으로 이야기해야 한다는 오엽주의 말이 떠올라 인덕이는 말을 삼켰다.

"난 미용에 대해 잘 모릅니다. 단지 내 취향에 딱 맞게 해 주는 사람을 원할 뿐이지요. 모두 다 똑같은 머리만 고집하는 일본인 미용사는 왠지, 재미가 없어요."

러시아 대사 부인의 말을 전하는 통역사의 목소리에 부인의 기품이 묻어났다.

일본인 미용사들은 부인의 말을 알아듣고 서로 눈을 쳐다보며 웅성거렸다. 대사 부인을 상대로 성질 한 번 부리지 못하고, 다들 분에 찬 모양이었다.

부인은 냉담한 눈빛으로 일본인 미용사들을 쏘아보았다. 인덕이가 화단 앞에서 봤던 그 표정이었다.

"오늘 화신미용실 오엽주 사장님은 내가 초대한 손님이니, 너무

텃세를 부리지는 마시오. 무슨 말인지 알겠지?"

일본인들은 입이 잔뜩 나와서 휙 하고 자기 자리를 찾아갔다. 뒷모습을 보니 다 똑같은 히사시가미◆ 머리를 하고 있었다. 재미가 없다는 말이 무슨 뜻인지 바로 알 수 있었다.

부인이 말을 마치자 오엽주는 본격적으로 피부에 화장을 시작했다. 화장수를 두드리고, 크림을 바르니 부인의 하얀 피부에서 반짝 하고 윤이 났다.

미카는 그런 엄마를 보고 손뼉을 쳤다. 그러더니 생각났다는 듯 통역사가 가지고 온 가방에서 배씨 댕기를 꺼냈다.

미카가 귀여운 목소리로 띄엄띄엄 러시아 말을 했지만, 인덕이는 알아들을 수 없었다. 하지만 눈빛으로 알 수 있었다. 미카는 인덕이가 필요했다.

"자, 여기 의자에 앉아 보셔요. 아기씨."

인덕이는 거울 앞 회전의자에 미카를 앉혔다. 그러고는 빗으로 미카의 머리를 천천히 빗겨 주었다. 미카도 앉아서 장난감 빗으로 인형의 머리를 빗었다. 작은 소리로 콧노래를 흥얼거리는 미카의 얼굴이 즐거워 보였다.

'누군가를 어여쁘게 만들어 주는 건 즐거운 일이다. 미카가 그걸 알려 주는구나.'

◆ 앞머리를 불룩하게, 뒷머리를 풍성하게 만들어 올린 일본식 올림머리 스타일로, 일제 강점기에 유행했다.

오늘 인덕이는 미용을 경쟁으로 여겼다.

조선인과 일본인, 여러 서양인들이 모였기 때문일까? 인덕이는 스스로 조선 대표라 생각했고, 그래서 일본 미용사를 꼭 이기고 싶다는 아니, 이겨야 한다는 생각을 했다. 몇 개월 연습해서 보조 미용사가 되었을 뿐인데, 제 기술을 무기 삼아 작은 전쟁을 한다는 마음까지 들었다.

하지만 인덕이는 자기가 만든 경쟁의 틀에서 무참히 깨졌다. 마음만 앞섰지 잘한 게 하나도 없었다. 인덕이는 한숨을 내쉬었다.

인덕이가 배씨 댕기로 미카의 땋은 머리를 완성할 즈음, 오엽주가 인덕이를 불렀다. 이제 본격적으로 부인의 머리치장을 할 차례였다.

인덕이는 숯불 화로에 인두를 넣고, 물수건을 준비해 놓았다. 오엽주는 부인에게 서양 잡지 속 여성들의 머리 스타일 몇 가지를 보여 주며 이야기를 나누고 있었다. 부인이 오엽주에게 전해 준 잡지였다.

부인은 거울을 통해 자기 뒤에 서 있는 인덕이를 쳐다보았다. 부인과 눈이 마주친 인덕이는 생긋 하고 웃어 보였다. 번번이 힘이 되어 주는 말을 해 주는 부인이 고마워서였다.

그러자 부인은 통역사에게 무어라 말을 했다. 통역사는 다소 놀라는 표정을 지으며 인덕이와 오엽주에게 말을 꺼냈다.

“오늘 부인의 머리를 김인덕 양이 해 보면 어떠냐고 하십니다.”

"예에?"

오엽주가 놀라서 눈을 동그랗게 떴다. 인덕이 역시 갑작스러워 말문이 막혔다.

"부인, 인덕이는 아직 노련하지 않습니다. 그래도 괜찮으시겠습니까?"

오엽주가 영어로 이야기하며 부인의 속내를 살폈다.

"전, 못합니다. 저는 아직 정식 미용사도 아닙니다."

인덕이는 부인과 오엽주를 번갈아 보며 손사래를 쳤다.

무슨 일인지는 모르지만 여러 나라의 대사들과 고위 인사들이 모이는 연회였다. 그런 연회에서 저 같은 초보에게 머리를 맡기다니, 인덕이는 못내 난처한 기분이 들었다.

"오엽주 사장은 어떻게 생각하세요?"

부인이 오엽주에게 의견을 묻자, 오엽주는 알 수 없는 표정으로 천장을 올려다보았다. 인덕이는 키가 큰 오엽주의 얼굴을 제대로 볼 수가 없었다.

'사장님 같은 고수 앞에서 그런 말도 안 되는 소리를 하시다니. 사장님은 얼마나 기가 차실까?'

인덕이는 오엽주가 보일 반응을 충분히 예상할 수 있었다. 기분 나빠 할 수도 있고, 비웃음 섞인 소리가 나올 수도 있을 거라 생각했다. 하지만 예상과는 다른 반응이 되돌아왔다.

"확실히 인덕이가 아직 숙련된 미용사는 아니지요. 하지만…….”

오엽주는 웃음을 거두고 인덕이의 눈을 똑바로 바라보았다. 처음 시장 잡화점에서 인덕이를 흥미로운 듯 빤히 쳐다봤던 예의 그 눈동자였다.

“하지만, 자기만의 스타일을 열심히 찾고 있지요.”

“그래요. 난 미카의 머리를 해 줄 때 인덕 양의 얼굴을 보았어요. 기교만으로는 설명이 안 되는 정성스러운 마음이 보였지요. 인덕 양은 손님 누구에게나 자기가 할 수 있는 최선을 다할 거라는 확신이 들었어요.”

그러고 보니 인덕이는 공교롭게 부인 앞에서 두 번이나 미카의 머리를 만져 주었다. 인덕이는 대사 댁에서 있었던 일들이 떠올랐다. 하지만 부인이 인덕이를 어여쁘게 봤다고 하더라도 이런 자리에서 인덕이가 머리를 할 수는 없었다.

“부인, 좋게 봐 주셔서 감사합니다. 제가 지금은 비록 실력이 없지만, 전력을 다해서 실력을 쌓을 것입니다. 그러니까, 그때 기회를 주십시오.”

인덕이가 부인과 통역사를 번갈아 보며 재빨리 이야기했다. 말을 알아들은 부인은 잠시 뜸을 들이더니 손뼉을 딱 쳤다.

“좋아요. 사람은 의외로 빨리 성장하니까요. 그러면 내가 잠시 기다리는 수밖에.”

부인은 인덕이에게 눈을 찡긋, 해 주었다. 그러고는 오엽주에게 머리단장을 맡겼다.

오엽주는 부인의 머리를 서양식으로 올리고, 붉은 옥돌로 세공한 뒤꽂이 두 개를 올림머리에 장식했다. 서양인의 머리에 올라간 동양의 장신구가 신비한 기품을 내뿜고 있었다. 이를 보고 몇몇 서양인들도 남다른 관심을 보였다. 조선인 미용사에게 머리를 맡긴다는 러시아 대사 부인을 보기 위해 화장대에 사람들이 북적였다.

미카와 부인은 손을 잡고 연회장으로 들어갔다. 누구보다 아름다운 모녀였다.

미용실로 돌아가는 택시 안, 오엽주는 인덕이 손을 잡았다.

"미용은 사람을 아름답게 꾸며 주는 일이야. 원래가 즐거워야 하는 법이지. 어떠냐, 오늘 즐거웠니?"

"많이 즐겁기도 하고, 아니기도 하고……."

인덕이는 머리를 긁적이며 멋쩍게 웃었다.

"인덕아, 네게 싸움을 거는 사람을 이길 거라 생각했니?"

"예? 보셨어요?"

인덕이는 머뭇거렸다. 오엽주가 모르고 있을 거라 여겼는데 아니었다.

"그래. 싸움에서 이기는 건 좋지. 멋있게 이기면 더 통쾌할 거다. 하지만 이건 이야기책 속 이야기가 아니야. 네가 주인공이고,

그래서 늘 이긴다는 법은 현실에 없단다. 너도 알게 되었겠지. 이기는 경기를 하는 게 얼마나 힘든지 말이야."

인덕이도 어렴풋이 알고 있었다. 무엇인가를 이루어 내는 것이 얼마나 힘든 것인지 말이다. 미용실에 들어와서 하루도 연습을 하지 않은 날이 없었다. 그래도 실력은 마음대로 늘지 않았다. 정확하게 말하면 늘었다고 생각한 실력은 다른 이들이 가진 것에 비하면 한참 못 미쳤다.

"만약에 경기에서 이기고 싶으면 어찌해야 할까요?"

"피와 땀이 범벅이 되게 연습해야지."

"연습하고 노력해도 조선인인 제게 기회가 돌아오지 않으면요?"

"이 경기가 남과의 경쟁처럼 보일 수도 있지만, 이건 결국 자기와의 싸움이야. 그러니 너만의 스타일을 찾아서 연마해라. 아주 날카로운 너만의 무기를 만들어. 그럼 네 앞을 스치는 단 한 번의 기회라도 잡아 낼 수 있을 게다."

오엽주는 이렇게 말하며 창밖을 보았다.

어느 새 해가 지고, 서쪽 하늘 끝자락에만 자주색 물감이 번져 있었다. 하루가 아주 길게 느껴지는 순간이었다.

"조선 땅에 들어온 일본 상인들은 모두 돈에 혈안이 된 자들이다. 미용사 역시 돈 벌 욕심밖에 없다고 봐도 될 정도지. 그들의 밥그릇을 우리가 건드린 꼴이 되었으니, 모두 화신미용실을 마뜩지 않게 볼 거야."

오엽주가 조그맣게 하는 이야기는 바람에 실려 날아가 버렸다. 인덕이가 차창을 여니 휘이잉, 큰 소리를 내며 바람이 불어 들었기 때문이다. 택시가 제법 속도를 내고 있었다.

15. 갑자기 내린 소나기

며칠째 굵은 빗방울이 들이치는 비가 왔다. 한창 장마철이기에 비를 원망할 수는 없었지만, 미용실에서부터 숙소까지 걸어 다니는 인덕이는 비가 올 때마다 아주 죽을 맛이었다. 종로의 길은 큰 길을 제외하곤 포장이 되어 있는 길이 거의 없었기 때문이다. 진흙탕 물이 튀어 옷과 신발을 버리는 것은 물론이고, 운이 없으면 자동차가 흩뿌리는 흙탕물을 홀딱 뒤집어쓰기도 했다. 포장이 잘 되어 길에 떨어진 밥알도 주워 먹는다는 일본인들의 거주지와는 너무나 다른 풍경이었다.

인덕이와 보조 미용사들은 아침에 맑은 하늘을 보고 재빨리 미용실에 출근을 한 터였다. 치장은 미용실에서 하면 될 일이었다.

"며칠을 퍼붓더니 오늘은 좀 개었네."

오엽주가 명랑한 목소리로 미용실 문을 열었다. 한 손에 장우

산과 작은 손가방을 들고 있었다.

오엽주는 속이 살짝 비쳐 보이는 붉은 드레스 차림이었다. 하얀 얼굴에 손톱 끝을 본떠 그린 것 같은 검은 눈썹이 돋보였다. 드레스 색과 같은 빨간색 입술연지는 아랫입술에만 칠하고 있었다. 요즘 경성에서 가장 인기 있는 화장법이었다. 늘 어여쁜 모습이지만, 오늘따라 치장하는 데 더 신경을 쓴 것 같았다.

"이렇게 일찍 어쩐 일이세요?"

보조 미용사들이 입을 모아 오엽주에게 말을 건넸다. 요즘 들어 오엽주는 바깥 활동이 부쩍 많아져서 오전에는 얼굴을 보기 힘들었다.

"응, 갑자기 귀한 예약 손님이 생겨서."

오엽주는 빙긋 웃으며 대답했다. 그러면서 테이블에 크고 작은 화장품을 늘어놓았다.

보조 미용사들은 둥글게 모여 앉았다. 그러고는 오엽주가 하라는 대로 서너 가지가 넘는 화장수와 크림들을 일일이 발라 보고, 향도 맡아 보았다.

오엽주는 몇 달 전부터 미용실에 화장품을 들여왔다. 그리고 미용실을 찾는 사람 얼굴에 마사지도 해 주고, 화장법도 가르쳐 주었다. 손님들이 원하면 화장품을 팔기도 했다.

"요즘에는 무엇보다 피부 결이 제일 중요하지. 앞으로는 화장수나 크림이 많이 팔릴 거다. 우린 화장품을 써 보고 어떤 점이 좋은지, 뭐가 나쁜지 상세히 알고 팔아야 해."

인덕이가 바른 하얀색 크림에서는 아련한 향이 났다. 막냇동생을 업어 키워 본 향심이는 그게 아기 속살 냄새라고 했다. 인덕이는 화장품에서 어떻게 아기 냄새가 나는지 신기할 뿐이었다.

평소 화장품을 좋아하는 미정이는 이것저것 발라 보고 두드려 보느라 아주 신이 났다.

"미, 쓰, 비? 사장님, 이게 잡지에 나온 미쓰비 화장수인가요? 바르기만 하면 피부 미인으로 다시 태어난다고 하던데요?"

미정이가 화들짝 놀란 표정으로 조그만 병을 가슴에 안았다.

"그래, 여기 있는 것들 모두 일본에서 수입해 온 최신 화장품이란다."

똑같이 경성에서 장사를 해도 일본인 상점에는 있는 물건이 조선인 상점에 없는 경우가 많았다. 그나마 외국에서 수입한 물건은 조선인들이 팔고 싶어도 구할 수가 없었다. 일본 수입상이 물량을 모두 독점했기 때문이다. 그런데 일본 화장품이 화신미용실에 번듯하게 들어와 있다니, 인덕이는 오엽주의 사업 수완이 놀라웠다.

미정이는 눈앞에 있는 화장품을 모조리 써 볼 기세로 세발실로 달려갔다. 세수를 하고 올 모양이었다.

"사장님, 그런데 이런 화장품을 미용실에서 팔아도 되나요?"

향심이가 마사지 크림을 손등에 문지르며 오엽주를 바라봤다.

"글쎄, 안 된다는 법도 없으니까."

오엽주도 이렇게 말을 하며 고개를 갸웃했다. 생각해 본 적이 없다는 표정이었다.

"미용실에서 화장품을 판다는 생각은 못 했어요. 미용사들도 머리 모양이나 분위기에 어울리는 화장법을 배우면 더 좋을 것 같아요."

인덕이는 어떻게 하면 자기가 만든 머리를 더 돋보이게 할 수 있을지 오로지 그 생각뿐이었다.

"그러고 보면 미용실은 머리만 하는 곳이 아니네요."

향심이가 손등에서 나는 향기를 맡으며 말했다.

"맞아. 우리 미용실은 사람들 머리만 치장해 주는 곳이 아니다. 여인들의 화장이나 피부 건강까지도 책임지는 곳이지."

오엽주는 고개를 끄덕였다.

그때였다.

쾅쾅쾅!

누군가 미용실 유리창을 부서지게 두드렸다.

"들어오십시오. 문 열렸습니다."

인덕이가 문 쪽으로 가서 첫 손님을 맞이할 참이었다.

그런데 별안간 제복을 입은 순사 둘이 미용실에 들이닥쳤다. 검은색 제복 위에 누런 단추가 번쩍거렸다. 순사들이 차고 온 긴 칼을 보니 인덕이는 다리가 떨려 왔다.

순사 두 명 중 하나는 둥글넙데데한 얼굴에 배가 잔뜩 나왔고, 다른 하나는 말라비틀어진 무 꽁다리 같은 모습이었다.

"무, 무슨 일이십니까?"

인덕이가 순사 쪽을 힐끗 보고 더듬더듬 말을 했다.

배 나온 순사가 미용실을 휘둘러보더니 칼날처럼 눈을 치떴다. 잔뜩 처진 입매가 무척 고집스러워 보였다.

무 꽁다리는 그런 배불뚝이의 눈치를 살피더니 여인들을 향해 소리쳤다.

"여기 사장이 누구야?"

무 꽁다리 순사가 조선말을 했다. 무 꽁다리는 조선말이 서툰 일본인 순사를 따라다니는 조선인 순사였다.

"접니다."

오엽주는 긴장한 얼굴로 소파에서 일어났다. 배불뚝이는 오엽주를 노려보더니 무 꽁다리에게 일본어로 명령했다.

"저 조선인을 끌고 가라!"

무 꽁다리는 "하잇!" 소리를 하며 오엽주에게 다가왔다. 허리춤에 차고 있는 긴 칼이 흔들렸다.

"순사 영감, 무슨 일이십니까?"

오엽주는 배불뚝이를 향해 냉큼 허리를 숙이며 말했다. 나긋나긋한 목소리의 일본어였다.

그러고는 난처한 듯 얼굴을 붉히며 유창한 일본어로 몇 마디를 더 붙였다. 말투나 태도가 영락없이 일본 여인 같았다. 일본에서 오래 유학을 해서인지 일본어를 하는 오엽주는 또 다른 사람 같았다.

배불뚝이는 오엽주가 달리 보였는지 위아래로 훑어보았다. 비틀어진 입가에 능글맞은 미소가 배어 있었다.

그러더니 두 개로 겹쳐진 턱을 문지르며 몇 마디 말을 했다. 곧 순사가 오엽주에게 가까이 와서 어깨에 손을 얹은 모습을 보니 인덕이는 왠지 속이 메스꺼웠다.

인덕이는 오엽주와 배불뚝이의 말을 다 알아듣진 못했지만, 띄엄띄엄 들리는 일본 말이 있었다. 조선인, 신고, 뭐 이런 단어들이었다.

향심이와 미정이도 인덕이와 비슷한 모양이었다. 귀를 쫑긋 세우고 그런 소리를 알아들을 때마다 입술을 깨물었다.

잠깐 사이 오엽주는 상황 파악을 한 모양인지 긴 한숨을 내쉬었다.

“잠깐 종로경찰서에 다녀와야겠구나.”

그리고 꼼짝없이 무 꽁다리 순사에게 이끌려 미용실을 나섰다. 겁먹은 얼굴도 아니고, 놀란 얼굴도 아니었다. 담담한 표정이었다.

“사장님, 이게 무슨 일이에요.”

“흑흑, 사장님, 큰일 난 거 아니죠?”

놀란 향심이와 인덕이가 오엽주를 쫓아갔다. 옆에서 미정이가 훌쩍거리고 있었다.

"누군가 우리 미용실을 경찰서에 신고한 모양이야. 향심이는 화신백화점 박흥식 사장님을 찾아가서 내 사정을 이야기해. 그럼 날 도와줄 사람을 보내 줄 거다. 인덕이와 미정이는 정오에 예약 손님에게 내가 아프다고 둘러대고, 죄송하다고 나 대신 사과드려. 그 이후에 가게 문은 닫아라."

오엽주는 순사들 눈치를 보며 이렇게 당부하고 사라졌다.

오엽주가 종로경찰서로 끌려가고 나서 수습생들은 제자리에 주저앉고 말았다. 향심이와 미정이는 넋을 놓고 잠깐 허공을 쳐다보았다.

인덕이는 가슴 속에 불안한 마음이 들었다. 한쪽 실이 끊어져 제자리만 빙빙 도는 방패연처럼 머릿속에 생각이 맴돌았다.

'만약에 사장님이 잘못되면 어쩌지? 아니야, 아무 일 없을 거야. 그래도 만약에……'

인덕이는 뭘 어찌해야 할지 몰라 앉은 자리에서 무릎을 종종거렸다. 바짝 쥔 주먹에 식은땀이 났다.

"요즘 장사가 잘되는 조선인 상점들만 골라 해코지하는 일본인 장사치들이 많다고 하더니만, 아무래도 우리도 그런 거 아닐까?"

향심이가 낮은 목소리로 중얼거렸다.

"그러고 보니까 어제 온 일본 손님 말이야, 뭔가 이상했어."

미정이는 훌쩍임을 멈추고 미간에 주름을 잡았다.

"맞아요. 저도 어제 그 손님이 뭔가 수상했어요."

어제 온 손님은 띄엄띄엄 조선말을 하는 모양새가 영 어색한 일본 여인이었다.

일본 사람들은 보통 남촌에서 생활하고 일본인이 운영하는 남촌 가게에 다녔다. 종로를 중심으로 한 북촌에서는 일본인을 찾아보기 힘들었다.

그런데 그 여인은 화신미용실에서 얼굴 마사지를 해 준다는 소문을 듣고 왔다면서 막무가내로 사장만 찾았다. 외출 나간 오엽주를 굳이 한 시간 넘게 기다렸다.

물건을 몽땅 살 것처럼 이것저것 캐묻고, 세발을 받으려면 어찌해야 하는지, 파마는 어떻게 하는지 물어보며 미용실을 휘젓고 다녔다. 또 소파에 앉아서는 다른 손님들에게 언제부터 다녔냐는 둥, 미용실에서 무엇을 해 봤냐는 둥 쓸데없는 질문을 했다.

그런데 정작 오엽주가 돌아오자 손님은 마사지는 됐다며 서둘러 미용실을 나갔다. 오지랖이 지나치게 넓은 게, 참 별나구나 했는데 그 여인이 화신미용실을 신고한 것일까?

인덕이는 혼자 생각에 잠겼다.

"애들아, 이럴 때일수록 맥없이 있지 말고, 우리 모두 정신 차리자. 나는 우선 사장님이 시킨 대로 화신백화점 사장실에 가 볼게."

향심이가 서둘러 옷을 챙겨 입었다.

"우리도 우리 할 일을 하고 있을게요."

미정이 역시 벌떡 일어나 화장품 정리를 시작했다.

인덕이 역시 가만히 있을 수는 없었다. 인덕이는 마른 수건을 들고 와서 유리장을 닦았다. 몸을 움직여서라도 불길한 생각을 접어야 했다.

쿠웅. 쏴아.

천둥소리가 미용실 창틈을 비집고 들어왔다. 잠시 후 굵은 빗방울 떨어지는 소리가 요란하게 났다. 갑자기 소나기가 찾아왔다.

16. 미리 약속한 손님

시간아 가라, 하며 시계를 보고 있으면 1분이 유난히 더디게 흐른다. 인덕이는 열두 시만 기다리고 있는데, 아직 열한 시밖에 되지 않았다.

하나둘 미용실을 찾아오는 손님들을 돌려보내고 나니, 인덕이는 이제 더 이상 할 일도 없었다. 가만히 앉아 있으려니 오엽주가 걱정되어 마음만 초초해졌다.

"언니, 제가 머리해 드릴까요."

인덕이가 미정이 얼굴을 마주 봤다. 아침에 와서 머리를 하지 못한 탓에 미정이의 단발은 이리저리 뻗쳐 있었다.

"손님도 없으니까 자꾸 헛생각만 나서요. 제가 이번에 새로 연습하는 머리 스타일이 있어요."

미정이 역시 불길한 생각을 하는 건지 한참 말이 없었다.

"그래, 우리 머리 연습이라도 하자. 향심 언니도 늦어지는 게 여기저기 뛰어다니는 모양이야."

인덕이는 화로에 인두를 집어넣었다.

미정이는 새로 산 라디오를 틀었다. 작은 나무 상자처럼 생긴 라디오 스피커에서 구성진 민요가 흘러나왔다.

"그나저나 정오에 온다는 손님이 누굴까요?"

인덕이 말에 미정이는 고개를 갸웃거렸다.

오엽주가 멋지게 차려입고 미용실에 일찍 나온 것은 모두 정오에 온다는 손님 때문일지도 몰랐다. 어떤 손님이길래 그렇게 신경을 쓴 것일까. 사장님이 아프다고 하면 손님은 어떤 반응을 보일지 그것도 알 수 없었다.

인덕이는 생각을 멈추고 싶어서 손끝에 집중했다. 미정이 머리 위에서 가위 모양 인두가 바삐 움직였다.

인덕이는 꽤 오랫동안 정성을 쏟은 끝에 미정이의 머리를 완성했다.

인덕이가 이마에 맺힌 땀을 닦고 있자니 미용실 문이 흔들렸다.

양장 차림의 중년 여인이 분주한 걸음걸이로 미용실에 들어왔다. 각진 턱선이 강해 보이는 인상이었다.

이 사람이 오늘 예약한 손님인가 하고 있는데, 젊은 여인이 한 명 더 따라왔다. 작은 서양식 모자를 눌러쓰고 미용실에 들어온 아가씨는 웬일인지 잔뜩 심술이 난 것 같았다.

"오엽주 사장님을 찾아왔소. 정오에 약속했소만."

중년 여인은 오엽주를 찾으며 두리번거렸다. 인덕이는 안중에도 없는 얼굴이었다.

"치, 누가 이런 데 오고 싶다고 했나? 본정으로 가지 않고."

아가씨는 입을 비쭉거렸다.

"본정 미용실 이야기는 하지도 마라. 다른 애들이랑 똑같이 일본식 머리를 할 셈이야? 그래서야 어떻게 네가 더 돋보일 수 있냐 말이야. 요즘 화신미용실 하면 장안에 소문난 곳이야. 어렵게 오 사장님께 부탁드린 거니까, 어서 앉으렴."

중년 여성은 아가씨 손목을 끌어다 소파에 앉혔다.

인덕이와 미정이는 나란히 두 여인 앞에 섰다. 둘은 하얀 앞치마 차림으로 다소곳하게 고개를 숙였다.

"저, 사장님이 편찮으셔서 오늘 예약 손님을 받기 힘들게 되었습니다. 죄송합니다."

미정이가 어렵게 입을 떼었다. 인덕이도 미정이 옆에서 머리를 함께 조아렸다.

"뭐라고? 얼마나 힘들게 줄을 대어서 약속을 잡았는데, 편찮으셔?"

중년 여성의 얼굴이 단번에 구겨졌다.

"아프면 미리 연락을 주든가 해야지! 우린 다른 미용실에 갈 시간도 없는데, 이게 무슨 경우야? 아휴, 머리야."

중년 여인은 관자놀이를 문지르며 소파에 드러누웠다. 그러곤 생각할수록 짜증이 나는지 계속 투덜거렸다.

"얼마나 아프길래 이옥란하고 한 약속을 걷어차?"

'이옥란?'

낯설지 않은 이름이었다.

이옥란은 요즘 라디오만 틀면 나오는 〈경성 찬가〉를 부른 가수였다. 평양 기생 출신으로 외모 역시 빼어나서 잡지에 종종 얼굴이 박혀 나오기도 했었다.

인덕이는 이옥란의 얼굴을 힐끗 보았다. 모자를 써서 얼굴이 다 보이진 않았지만, 오밀조밀한 이목구비가 역시 고왔다. 얼굴이 통통한 게 귀여운 인상이었다.

하지만 생긴 거랑 성격은 딴판인가 싶었다. 이옥란은 중년 여인보다 더 짜증을 부렸다.

"이모, 그러게 내가 이딴 미용실 올 거 없다고 했지요? 당장 경성방송국까지 가야 하는데, 지금 본정 미용실로 갈 시간이 어디 있어요?"

"그러게나 말이다. 날아다녀도 모자란 시간이다. 이를 어쩜 좋아."

중년 여성은 잔뜩 울상이 되더니 결국 눈을 감아 버렸다.

이옥란은 그런 중년 여인을 속상한 표정으로 보다가 미정이를 향해 손가락을 까딱거렸다.

"거기, 너, 우두커니 서 있지 말고 물 한 잔 가져와. 손님께서 힘들어하는 거 안 보이니? 서비스가 본정 따라가려면 아직 멀었네."

본정에 있는 미용실이란 일본인이 운영하는 미용실을 말하는 것이었다.

이옥란의 말투와 태도 때문에 인덕이는 슬슬 기분이 상했다. 아니, 어디서 떡판으로 떡 찍듯 똑같은 머리를 만들어 내는 일본인 미용실과 화신미용실을 비교한단 말인가?

하지만 인덕이도 손님을 제 성질대로 대해선 안 된다는 것쯤은 알고 있었다. 그래서 가만히 입을 다물고만 있었다.

미정이가 조용히 엽차를 내왔다. 중년 여인은 물을 마시려고 몸을 일으켰다.

그런데 테이블에 물 잔을 놓는 미정이를 보던 중년 여인이 미정이의 손목을 덥석 잡았다.

"잠깐! 아가씨, 이 머리 어디서 했어?"

"네? 그게, 인덕이가, 아니 김인덕 양이 해 준 머리인데요."

미정이는 이렇게 말하며 인덕이를 가리켰다.

"아가씨들도 미용사였어?"

중년 여인은 일어나서 인덕이 앞에 섰다.

"네, 저희는 보조 미용사입니다."

인덕이가 어정쩡한 표정으로 웃어 보였다.

중년 여인은 인덕이 손을 이리저리 만져보았다. 인덕이 손가락에는 크고 작은 반창고가 감겨 있었다. 손가락 사이에 생긴 물집이 어느새 굳은살이 되어 울퉁불퉁해진 곳도 있었다.

중년 여인은 무엇인가를 곰곰이 생각하는 얼굴로 이옥란과 인덕이를 번갈아 쳐다보았다.

"아가씨가 오늘 우리 옥란이 머리를 하면 어떨까?"

"네?"

인덕이는 갑자기 숨이 턱 막혔다.

"이모, 그게 말이 돼요? 내가 이런 어린애한테 머리를 맡기려고 여기 온 줄 알아요?"

이옥란은 팔을 엇걸고 불만스러운 얼굴을 숨기지 않았다.

'나는 뭐 하고 싶은 줄 아나?'

당황한 인덕이 역시 이옥란 머리를 하고 싶지 않기는 마찬가지였다. 일단 저 성깔을 맞출 자신부터 없었다.

"저는 아직 보조일 뿐입니다. 사장님 허락도 없이 손님 머리를 할 수는 없습니다."

인덕이는 도리질을 했다.

"그럼, 우리 하루 일정은 누가 책임질 건가? 오늘 라디오 생방송에다가, 사진까지 찍기로 몽땅 약속을 잡았는데 말이야."

"그야……."

대답을 찾을 수 없었다. 제가 책임지겠다고 나설 수도 없는 노릇이었다.

이옥란은 마시던 물 잔을 쿵, 하고 내려놓으며 쌀쌀맞게 말했다.

“이게 다 엽차인지 뭔지 하는 사장 때문이잖아. 일본에서 공부하고 왔다고 해서 뭐 좀 색다른가 했더니, 책임감이라곤 찾아볼 수가 없어. 자기가 요즘 잘나간다고 사람 무시하는 것도 아니고 말이야.”

인덕이는 잘 알지도 못하면서 떠들어 대는 이옥란 때문에 속이 부글부글했다.

“손님, 사장님께 정말 갑작스러운 사정이 생긴 겁니다. 사장님은 책임감 없는 분이 아니에요.”

인덕이는 참다못해 한마디 했다.

“흥, 그래도 네 사장이라 이거야?”

이옥란은 콧방귀를 뀌며 인덕이를 비웃었다.

“지키지도 못할 약속을 왜 잡아서 사람 물을 먹이냐구. 기본 중에 기본이 안 되어 있으니까 사람들이 미용하는 애들을 천것이라고 하는 거야.”

“천것이라니요? 말씀이 지나치십니다.”

화를 참는 인덕이의 턱이 부들부들 떨렸다.

“오호, 꼴에 자존심은 있다 이거니? 그럼 네가 머리를 해 보든지. 그럴 실력이나 배짱이 있는지 모르겠다만.”

가시 돋친 말이 인덕이 몸 여기저기를 꼬집어 대었다. 인덕이는 그 말이 아프도록 듣기 싫었다.

“옥란아, 그만!”

중년 여인이 차가운 시선으로 이옥란을 쏘아보았다.

이옥란은 중년 여인의 기세에 눌려 순간 움찔했다. 인덕이도 말을 뱉으려다 입을 꾹 다물어야 했다. 찬물을 끼얹은 것처럼 분위기가 싸해졌다.

“이래 봬도 내가 이옥란이라는 원석을 발견하고 여기까지 키운 사람이야. 산전수전 겪다 보니까 사람 보는 눈은 좀 있지. 아가씨 손을 보니 하루 이틀 연습한 손은 아닌 것 같고. 어때, 오엽주 사장 대신 오늘 우리 옥란이 머리를 만들어 보는 게.”

인덕이는 어떤 답을 해야 할지 몰랐다. 머릿속이 빙빙 돌았다. 누군가는 이 상황에 나서야 후에 큰 탈이 없을 것 같았다. 하지만 이옥란 머리를 잘못했다간 아니 한 만 못 할지도 몰랐다.

‘말이 된다고 생각해? 네가 어떻게 이옥란 머리를 만진단 말이야?’

인덕이의 귓가에 낯선 목소리가 맴돌았다. 그러자 곧이어 다른 목소리가 말을 걸었다.

‘아냐, 너도 해 보고 싶잖아. 언니들 머리에 연습하듯이 하면 되지. 할 수 있어.’

두 갈래 마음이 아웅다웅 다투었다.

“전 미용 일을 한 지 얼마 되지 않아서 못 합니다.”

인덕이는 어지러운 마음을 억누르고 한사코 사양했다. 그러자 중년 여인은 미정이에게 시선을 돌렸다.

너는 어떠냐는 눈길에 미정이는 눈이 동그래졌다.

"저요? 저는, 그러니까……."

미정이가 할 말을 찾느라 우물거렸다. 사람들 눈총에 떠밀린 듯 미정이가 입을 벌렸다.

"그러면, 저라도……."

미정이가 벌벌 떨리는 목소리를 내는 찰나였다.

"싫어. 내가 네 어딜 믿고 머리를 맡기겠니? 네 머리를 한 건 얘라면서? 이모, 차라리 저 아이를 시켜요."

이옥란은 손가락으로 인덕이를 가리켰다. 군더더기 없는 행동이었다.

이옥란의 눈길을 오롯이 받고 있자니, 인덕이도 더 이상 흔들리고 싶지 않았다.

인덕이 머릿속에 미용실에서 공부한 지난 시간이 순식간에 스쳐 지나갔다. 인덕이는 미용실 영업이 끝나면 늘 축음기를 틀어 놓고 연습을 했다. 흥겨운 곡이 나오면 경쾌하고 발랄한 머리 스타일을 만들었고, 구슬픈 음악이 나오면 슬픈 영화 속 여주인공을 상상하며 머리 모양을 그렸다. 이제 인덕이가 기댈 것은 그 연습 시간밖에 없었다.

중년 여인은 인덕이를 향해 다시 물었다.

"해 보겠어?"

인덕이는 고개를 끄덕였다.

"네."

대답을 듣더니 이옥란이 입꼬리를 들어 올리며 말했다. 삐딱한 입맵시였다.

"실력이 어느 정도인지 보면 알겠지. 내 맘에 안 들면 다신 이 바닥에서 벌어먹기 힘들 줄 알아."

'밥벌이?'

그 말에 이팝나무 꽃이 꽃보라가 되어 인덕이 마음속에 날렸다.

"그 밥벌이 저도 한번 해 보겠습니다."

인덕이는 별처럼 총총하게 눈을 반짝였다.

17. 재능과 노력

인덕이는 미정이와 함께 준비실로 들어왔다. 그러고는 미정이를 부여잡고 숨죽여 말했다.

"제가 사고를 치고 있는 건 아닐까요, 제가 다 망쳐서 사장님께 혼나면 어쩌죠?"

이렇게 갑자기 이옥란 머리를 하게 되다니. 덜컥 겁이 나서 인덕이 얼굴이 허옇게 질렸다. 긴장해서 차가워진 두 손을 비볐지만, 손은 따뜻해지지 않았다.

미정이가 그런 인덕이 손을 잡았다. 따스함이 고스란히 인덕이에게 전해졌다.

"부담 갖지 말고, 조금 전에 내 머리 한 것처럼만 해. 넌 할 수 있다."

인덕이는 미정이의 말에 두근거리던 가슴이 더 세게 요동쳤다.

한 마디 한 마디에 진심을 담은 말이 심장 어딘가에 닿는 기분이 들었다. 피가 힘차게 퍼져 나가 온몸이 뜨거워지고 있었다.

인덕이는 휴, 입안 가득 공기를 담았다 숨을 내뱉었다. 그리고 노란 공책을 챙겨 들고 이옥란에게 성큼성큼 걸어갔다.

이옥란은 모자를 벗고 미용 의자에 앉아 있었다.

인덕이는 무릎을 굽히고 몸을 낮추어 의자에 앉은 손님의 얼굴을 똑바로 쳐다보았다.

"뭐, 뭐니, 너?"

이옥란이 당황하며 인덕이 시선을 피했다.

"이옥란 양은 얼굴이 동그랗고 머리숱이 많지 않은 편이에요. 이런 스타일이 잘 어울릴 것 같습니다."

인덕이는 이옥란에게 공책을 내밀었다. 공책 한 면에 물결처럼 너울지는 머리칼을 하고 웃는 여인의 사진이 붙어 있었다. 다른 한 면에는 모발의 특징이나 잘 어울릴 것 같은 얼굴형을 꼼꼼히 적어 놓았다.

"너, 아무튼 잘해라."

이옥란은 무안한 듯 헛기침을 했다. 인덕이가 이옥란의 의자를 반시계 방향으로 살짝 돌렸다.

커다란 거울에 이옥란의 얼굴이 비쳤다. 인덕이는 머리를 숙이며 이옥란에게 꾸벅 하고 인사를 했다.

"손님, 이제 머리 시작하겠습니다."

인덕이는 단발머리를 빗질하기 시작했다. 평소에 손질을 잘해 놓은 덕에 머리칼이 부드러웠다.

인덕이 머릿속에 어떤 순서로 머리칼을 나눌지, 어디에서 힘을 줄지, 뺄지 같은 순서 하나하나가 차르륵 지나갔다.

인덕이는 머릿속에서 울리는 박자에 맞춰 손을 움직이다 일순간 멈추었다.

"그런데 오늘은 어떤 노래를 하세요? 촬영은 어떤 거고요?"

"오후에 경성방송국에 가서 경성 찬가랑 민요를 부르기로 했다. 그러고 나서는 비누 선전하는 사진을 찍을 거야."

'그렇다면 경성 찬가처럼 경쾌한 분위기면 더 좋겠구나. 또 비누 사진에 맞게 깔끔하게 똑 떨어지는 머리 모양을 하면 될 것 같아.'

인덕이는 이옥란의 가르마를 약간 옆으로 타서 머리칼을 정리했다. 가운데 가르마를 탔을 때보다 성숙한 느낌이 들었다.

옆에서 인덕이를 지켜보던 미정이가 숯불 화로와 인두를 준비해 주었다.

'모발이 가는 편이니까 조금 낮은 온도로 머리를 지지는 게 좋겠어.'

인덕이는 인두를 잡고 입술 가까이에 가져갔다. 적당한 온도를 찾는 게 가장 중요한 문제였다. 그게 결정이 되자 인덕이는 집게로 머리칼을 세 부분으로 나누고, 뜨거운 인두로 한쪽 머리칼을 쥐었다 풀었다 했다. 그렇게 강약에 맞추어 머리칼에 열을 가하고 나면, 시냇물 흘러가는 것처럼 머리칼이 구불구불해졌다.

"이 머리는 중간에 풀어지면 안 되니까, 집게로 잠깐 머리를 고정하겠습니다."

인덕이는 친절하게 설명하며 작은 집게로 중간중간 머리칼을 고정했다.

"머리하는 게 어째 좀 이상하네. 다른 미용실이랑은 달라."

이옥란은 못 미더운 눈치였지만, 숯불에 달군 인두로 머리를 하는 건 익숙한지 크게 토를 달진 않았다. 중년 여인 역시 인덕이와 이옥란에게서 눈을 떼지 않고 머리 만드는 모습을 꼼꼼히 지켜보았다.

인덕이는 두 사람의 따가운 시선이 느껴져 등골이 서늘해졌다. 긴장을 해서 머리를 망치고 싶지 않아 인덕이는 경성 찬가를 조그맣게 흥얼거렸다.

"새 날이 오네. 경성에 새 날. 음음음."

콧노래를 부르니 자신이 해 준 머리를 하고 큰 마이크 앞에서 노래하는 이옥란이 보였다. 이옥란이 생글생글 웃고 있는데 머리에서 빛이 났다.

집중한 인덕이는 눈이 잔뜩 커지고, 오리 부리처럼 입이 뾰족이 튀어나왔다. 미정이는 라디오를 켜고, 얼음을 띄운 차를 준비해 왔다.

인덕이가 인두 움직이는 소리가 미용실에 흐르는 음악과 하나가 되었다. 모두 인덕이의 손과 얼굴만 바라보고 있었다.

이윽고 인덕이는 이옥란 앞에서 거울을 가리고 머리를 가득 집어 놓은 집게들을 빼냈다.

"완성되었습니다. 손님."

인덕이는 몸을 비켜서 이옥란이 거울을 볼 수 있도록 해 주었다.

이옥란은 거울에 비친 자기 얼굴을 보았다. 그러고는 둥그렇게 커진 눈으로 옆에 서 있는 인덕이를 올려다봤다.

중년 여인은 옆에서 손뼉을 쳤다. 그러더니 이옥란의 머리를 앞에서 보고, 뒤에서도 보았다.

"옥란이 분위기가 확 바뀌었구나. 뭐랄까? 아주 현대적이야. 옥란아, 어떠니? 맘에 들어?"

"네. 마음에 들어요."

이옥란은 거울에서 눈을 떼지 않고 말했다. 꼭 자기 얼굴에 홀린 것 같은 눈빛이었다.

"오호호, 좋다. 난 옥란이가 이렇게 솔직해서 마음에 들어. 싫고 좋은 게 아주 확실하거든. 못된 성깔머리만 고치면 좋겠지만 말이야."

미리 불러 놓은 택시가 백화점 앞에 기다리고 있다는 전갈이 왔다. 중년 여인과 이옥란은 서둘러 미용실을 나서려고 했다.

인덕이는 머뭇거리다 미용실 문을 여는 중년 여인을 좇아가 인사를 건넸다.

“부인, 저 같은 보조 미용사에게 기회를 주셔서 감사합니다.”

인덕이의 인사에 중년 여인이 고개를 끄덕였다.

“김인덕 양이라고 했나? 아가씨를 보니 딱 십 년 전이 떠올라.”

중년 여인은 잠깐 멈추었다 말을 이어 갔다.

“흠, 열셋 먹은 옥란이가 권번에서 목에 피가 나도록 노래하는 걸 보고 딱 알아봤지. 요게 보통내기가 아닌 걸 말이야. 인덕 양, 재능 있는 애들이 노력까지 하면 어떻게 되는지 알아?”

인덕이는 고개를 가로저었다.

“그런 아이들의 미래에 정해진 답지 같은 건 없어. 그 아이가 어떻게 성장할지, 어디까지 커 나갈지 아무도 알 수가 없단 말이지.”

이옥란이 옆에서 자신감 넘치는 미소를 지으며 인덕이를 쳐다봤다.

“이모, 그럼 얘가 나처럼 답 없는 애란 말이에요? 재능이랑 노력이 합쳐진?”

“그래, 이것아. 어서 가자. 늦었어.”

중년 여인은 이옥란 팔짱을 끼고 서둘러 계단을 내려갔다.

“김인덕 양, 출세한 줄 알아. 이모한테 이런 소리도 듣고 말이야. 그러니까 더 열심히 해.”

이옥란은 돌아보며 인덕이에게 손을 흔들었다. 순간 이옥란이 따뜻한 미소를 보여 준 것 같았다.

인덕이 역시 자기도 모르게 손을 흔들었다.

두 여인의 뒷모습이 사라질 때까지 바라본 인덕이는 큰 산 하나를 넘은 것처럼 몸 이곳저곳이 욱신거렸다. 긴장이 풀리는 모양이었다.

18. 번데기는 나비가 되고

펑!

커다란 사진기를 가지고 온 사진기자가 미용실 풍경을 찍었다. 번쩍이는 빛을 보고 있으려니 인덕이는 눈이 얼얼했다.

〈삼천리〉 잡지 기자가 조선인 최초로 경성에 미용실을 차린 오엽주 사장의 이야기를 싣고 싶다고 화신미용실을 찾아온 터였다.

기자는 오엽주의 과거와 미용실을 만들게 된 배경부터 지금의 인기에 이르기까지 갖가지 질문을 했다.

"얼마 전 종로경찰서에 불려 갔다고 들었습니다만?"

기자가 펜을 입에 가져다 대며 물었다. 안경 너머 단추 구멍 같은 눈이 더 가늘어졌다.

"예, 미용실에서 화장품을 판매하는 게 법을 위반한 거라고 누군가 신고를 했답니다."

“허허, 그래서 어찌 되었소?”

“위생법을 따져 보니 미용실에서 화장품을 팔지 말라는 법은 없었지요. 결국 미용을 잘 모르는 작자들로 인해 벌어진 일이었습니다.”

기자는 수첩에 열심히 펜을 놀렸다.

“조선에 사는 많은 여성이 아직 미용에 대해 잘 모르고 있습니다. 그래서 꼭 한 가지 드리고 싶은 말씀이 있지요.”

“그게 뭔가요?”

“미용은 단지 얼굴만 곱게 다듬는 게 아닙니다. 사람의 몸을 깨끗하고, 건강하게 만드는 것이 진정한 미용입니다. 전 우리 조선 여성들이 모두 건강하고 또 튼튼하길 바랍니다.”

“그 말씀이 특히 와닿는군요. 오 사장님, 여기까지 하지요. 시간 내 주어서 고맙습니다.”

기자는 덥수룩한 머리를 정리해 주겠다는 오엽주 사장의 제안을 거절하고 돌아갔다. 오엽주는 부인이 좋아할 거라면서 기자 손에 크림 한 통을 들려 보냈다.

사실 경찰서에 다녀온 오엽주 이야기가 조선인들에게 알려지면서 화신미용실은 더욱 유명해졌다. 화신미용실을 모르던 사람들도 ‘거기가 어디래?’ 하며 관심을 가졌다.

게다가 이옥란이 경성방송국에서 노래를 부르는 모습이 신문에 실리면서, 이옥란의 머리 스타일이 화신미용실을, 아니 경성을 한차례 휩쓸었다.

그건 대체 무슨 머리인지, 그 머리를 어디서 한 건지 물어보려고 방송국이나 신문사에 전화하는 사람도 있다고 했다.

사람들은 그런 걸 '유행'이라 했고, 유행 따라 너도나도 이옥란 머리를 해 달라고 미용실을 찾아왔다. 오엽주와 보조 미용사 셋만으로는 감당하기 힘든 인기였다.

"화신미용실이 번데기를 나비로 바꿔 준다고 소문이 났답니다."

"호호, 사람들이 말을 참 잘 만들었네요."

"나도 머리에 검은색 아지랑이 좀 올려놓으면 나비가 되려나?"

"검은 아지랑이요?"

"네, 까만 머리칼이 굽이굽이 물결치는 게 꼭 아지랑이 같다고 해서 모던걸들이 그렇게 부른답니다."

미용 의자에 앉은 손님들이 한창 수다를 떨었다. 손님들 대부분은 부잣집 사모님이거나 전문직 여성들이었다. 쌀 한 가마니 가격에 맞먹는 파마값을 낼 수 있는 사람들이 먼저 모여드는 것이다.

사치스럽다며 비아냥대는 이들도 있었지만, 그럴수록 사람들은 더 화신미용실을 찾았다.

"죄송합니다. 이번 달 예약은 다 찼으니, 어쩝니까."

오엽주는 오는 손님을 돌려보내기 일쑤였다.

그렇게 물 마실 새도 없이 하루를 보내면, 미용실 문을 닫고 안에서 걸쇠를 걸어야 하루가 끝났다.

"미용실이 유명해지니까 좋긴 한데, 힘들어 죽겠다. 발바닥이 불어 터져서 아주 납작해졌다니까."

미정이가 크게 기지개를 켜며 우는 소리를 했다. 파마를 하고 밤에 몰래 집에 들어가려는 아낙네들이 미용실에서 늦게까지 택시를 기다리다가 나간 참이었다.

인덕이는 바닥에 흩어진 머리칼을 쓸어 담고 있었다. 이걸 모두 치워야 숙소에 가서 발을 뻗고 누울 수 있었다.

오엽주가 문 쪽에 가서 걸쇠를 걸려던 순간에 세차게 미용실 문이 열렸다. 누군가 미용실 문 앞에 서 있었다.

"어머나, 혹시…… 이옥란 양?"

오엽주의 말소리에 수습생들은 모두 몸을 일으켜 출입문 쪽에 시선을 모았다.

챙이 넓은 모자를 깊숙이 눌러쓰고 미용실에 발을 들인 이는 정말 이옥란이었다. 이옥란은 오엽주에게 살짝 인사를 하더니, 인덕이를 발견하고는 노란 치마를 휘날리며 걸어왔다. 작은 꽃잎이 너풀너풀 날아 들어오는 것 같았다.

중년 여인이 바로 따라서 들어왔다. 중년 여인을 알아본 오엽주는 반갑게 인사를 했다.

"고 마담님, 어서 오세요. 일전에는 선약을 지키지 못해 죄송합니다."

"아닙니다. 지나고 보니 그날 일이 우리한테는 득이 되었잖아요."

인덕이는 고 마담이 이옥란의 친이모인 줄 알았는데, 알고 보니 이옥란을 키운 회사 사장이었다. 요즘 음반 사업이 잘되어, 회사가 점점 커지고 있다고 했다. 회사에는 가수 몇 명과 배우들도 소속되어 있었다.

고 마담은 오엽주에게 함께 일을 해 보자고 했다. 소속 가수와 배우들의 분장을 화신미용실에서 맡아 달라는 것이었다.

이옥란은 두 명의 사장이 사업 이야기를 하는 동안 인덕이에게 다가왔다. 인덕이는 왠지 반가운 마음이 들었다.

"너 말이야. 내 전속 미용사 해라."

이옥란의 거만한 태도는 여전했다.

"다짜고짜 오셔서는…… 전속? 그게 뭔데요?"

"앞으로 내 머리는 네가 다 맡아서 하는 거야. 너만 내 머리를 만지는 영광을 누리는 거지."

"그게 영광인가요?"

인덕이는 정말 궁금하다는 표정으로 입을 벌렸다. 이옥란은 적잖이 당황하는 눈치였다.

"얘, 나 이옥란이야. 경성 최고의 가수, 이옥란이라고. 네가 누굴 상대하는지 모르겠니?"

"압니다. 그래도 싫습니다."

"싫은 이유가 뭔데? 돈을 적게 줄까 봐 그래?"

인덕이는 말을 하지 않고 고개를 숙였다.

"속 터지게 하지 말고 얼른 말해 봐."

"그게…… 옥란 양은 미용사를 천하다고 생각하는 것 같아요. 옥란 양에게 몸종 취급을 당하고 싶진 않습니다. 그러니, 전속이니 뭐니 그런 말씀 마세요."

이런 말을 이옥란 같은 사람에게 직접 하려니 인덕이는 여간 불편한 게 아니었다.

"길 가는 사람 붙들고 물어봐라. 사람 머리 만지는 미용사가 뭐 그렇게 대단한 직업이니?"

이옥란은 어깃장을 놓는 말투로 불퉁거렸지만, 끝을 채 맺지 못하고 시선을 내리깔았다.

"우리 사장님은 미용사도 예술가라고 했습니다. 노래를 부르는 이옥란 양처럼."

잠깐 정적이 흘렀다. 인덕이는 이옥란이 잠자코 있는 짧은 순간이 길게만 느껴졌다. 그래서 혹시 제가 말실수를 한 건가 상대의 표정을 살폈다. 어쨌든 이옥란은 인기 가수고, 오엽주의 미용실에 온 손님이었다.

"맹세코 미용사를 몸종이라 생각한 적은 없어. 너도 물론이고."

이옥란이 어두운 낯빛으로 말했다. 미안한 기색이 역력해 보였다. 인덕이는 자기도 모르게 짧은 한숨이 터져 나왔다. 그와 동시에 마음속에 맺혀 있던 응어리 같은 것이 풀리는 느낌이었다.

"예술가로 대접해 주지 않아서 내 전속 미용사를 안 하겠다는 거니?"

"아, 그런 건 아니고……."

"김인덕, 난 너에게 사과를 할 마음이 없어."

이건 또 무슨 소리인지. 인덕이는 말장난에 놀아나는 것 같았다. 인덕이는 눈썹을 모으고 이옥란을 바라봤다. 하지만 이옥란은 알 수 없는 미소를 머금고 있었다.

"노래를 부르는 내가 예술가라고 했니?"

인덕이는 말없이 고개를 끄덕였다.

"아니, 난 장사꾼이야."

"예? 그게 무슨……."

"한때 예술을 했었지. 열 살에 권번에 들어가 죽도록 기예를 연습했고, 들어 주는 사람이 없어도 내가 좋아서 노래를 했어. 세상에서 그것처럼 아름다운 일은 없어 보였으니까. 하지만 난 천한 기생 꼴을 면하지 못했어. 돈을 주는 사람이면 그게 누구든 그 앞에서 노래를 해야 했지. 내가 장사꾼이 되기로 한 건 이모를 만나면서부터야. 내 노래를 레코드에 녹음해서 팔기 시작했거든. 사람들에게 잘 팔릴 만한 것으로 모아서 말이지. 돈과 인기를 얻어 보니 알겠더라고. 장사가 얼마나 좋은 건지 말야."

인덕이는 눈에서 광채를 뿜는 이옥란의 표정에 할 말을 잃었다.

"그러니 인덕 양을 예술가 취급해 주지 않아서 미안하다고 사과하진 않을 거야. 난 인덕 양과 언니, 동생 삼고 친하게 지내 볼 생각도 없으니까, 네 기분 따위 맞추는 건 관심 없어. 난 너에게 같이 일을 하자고 하는 거다. 김인덕 양, 남들보다 딱 한 쪽만 앞서서 잡지를 읽는 것처럼 유행을 만들어 보는 거야. 나를 이용해서 돈도, 인기도, 어쩌면 명예까지도 모두 얻어 보라고. 설레지 않아?"

인덕이 머릿속에 땡땡땡 종이 울리는 것 같았다.

예술가 따위 개나 줘 버리라고 소리치는 이옥란의 당돌함은 미용사도 예술가라고 소리치는 오엽주의 당당함과 다르지 않았다.

모두 자기가 어떤 일을, 왜 하고 있는지 아는 여성들의 목소리였다. 오로지 앞만을 바라보고 걸어가는 여성의 발걸음이었다. 인덕이는 목덜미에서부터 오싹 소름이 돋았다.

'나는 앞으로 어떤 마음가짐으로 이 일을 해야 할까? 어떻게 하면 옥란 양이나 사장님처럼 될 수 있지?'

인덕이는 이제 막 알을 깬 애벌레일 뿐이었다. 번데기가 되고, 나비가 되어 보고 싶다는 생각이 들었다.

"그러니 생각해 봐."

이옥란이 인덕이 어깨를 두드리며 피식 웃었다.

마침 오엽주가 고 마담과 이야기를 끝내고 보조 미용사들을 불렀다.

“앞으로 고 마담님 회사에서 배우들이랑 가수들이 우리 미용실에 와서 머리를 하기로 했다. 너희 덕에 우리 미용실이 한 발 더 앞으로 나가게 되었구나. 방송과 관련된 일을 하는 건 화신미용실로서도 새로운 도전이야.”

미정이와 향심이가 기쁜 얼굴로 손뼉을 쳤다.

“이옥란 양 말고 남자 가수도 오는 겁니까?”

“그렇고말고.”

“사장님, 남자 가수분들은 제, 제가 책임지겠습니다.”

미정이가 손을 높이 들었다. 미정이의 모습에 모두들 웃음을 터뜨렸다.

“그럼, 오늘은 건배를 하러 가야겠구나. 미정이가 남자 가수 전속 미용사가 되었으니 말이다.”

고 마담과 이옥란, 화신미용실 일행 모두 뭘 먹을지 이야기하며 밖으로 나갔다. 인덕이는 마지막에 미용실 불을 껐다.

화려하게 다시 태어난 나비는 번데기 시절을 기억할까? 인덕이는 언젠가 나비가 된다면, 지금 이 시절을 잊지 않아야겠다고 생각하며 딸각, 문을 잠갔다.

19. 타 버린 꿈

"올해 달력도 이제 한 장 남았네."

향심이 달력을 넘기며 말했다. '물건을 사려면 화신연쇄점으로 오시오'라고 큼직한 글자가 새겨진 백화점 달력이었다.

"언니는 이번 달에 언제 쉴 거예요?"

미정이가 난롯불을 쪼이며 물었다.

경성 관청이 쉬는 1, 8, 15, 23일이 화신미용실 휴일이었다. 순번제로 돌아가면서 쉬면 한 달에 이틀은 쉴 수 있었다.

"인덕이 넌 언제 쉴 거야?"

향심이가 숫자 아래 자기 이름을 적고 인덕이를 쳐다봤다.

인덕이는 이옥란의 전속 미용사가 되고 나서부터 하루도 쉬지 않았다. 이번에도 인덕이는 대답 없이 씩 웃기만 했다.

"그러다 너 쓰러진다."

미정이가 해쓱해진 인덕이에게 대추차를 내밀었다. 구수한 대추 향과 생강 냄새가 코를 간지럽혔다.

"이 손도 좀 봐. 부르트고, 다 까지고……. 아휴, 돈도 좋지만 미용사는 자기 몸이 재산이야."

미정이가 인덕이에게 잔소리를 했다.

인덕이는 대추차를 한 모금 입에 머금고, 눈을 감았다. 감초를 넣은 듯 뒷맛이 달콤했다. 언니들의 잔소리도 감초처럼 달게 느껴졌다.

"사장님, 인덕이한테 강제로 휴가 하루 줘야 하는 거 아닙니까? 그 덕에 저희도 하루 더 쉬고요."

미정이가 능청스럽게 오엽주를 바라보았다. 오엽주는 고개를 끄덕였다.

"그래. 할머니 보약이라도 한 제 지어서 집에 다녀오너라. 간 김에 하루 더 쉬었다 와도 되고."

'보약?'

갑자기 인덕이 귀가 번쩍 띄었다. 보약은 찬 바람 불기 전에 먹는 거라 했는데, 어디선가 주워들었던 게 생각났다.

"그럼, 삼거리 한약방에 잠깐 다녀와도 될까요?"

오엽주가 빙긋 웃으며 당장 다녀오라는 손짓을 했다. 인덕이는 그 길로 백화점을 나섰다.

온온한 백화점 건물을 나오니 찬 바람이 더 매서웠다. 목도리를 고쳐 매었지만 바람이 외투 속으로 파고들었다.

하지만 마음만은 따뜻했다. 인덕이는 주머니에 손을 넣고 뭔가를 만지작거렸다. 한 주 내내 손님들이 준 팁을 모아 만든 1원짜리 지폐였다.

'드디어 내 손으로 할머니 보약까지 지어 드리는구나. 좋은 것은 다 넣어 달라고 해야겠다.'

녹용이나 당귀 같은 몇 가지 약재 이름을 떠올리자 인덕이는 입이 헤벌어졌다.

하루 일을 마치고 숙소로 돌아온 인덕이는 한지에 곱게 싼 보약을 베갯머리에 두었다.

"한약 냄새가 이렇게 좋은 거였나?"

미정이가 코를 벌렁거렸다.

"인덕이 내일 할머니 만나서 좋겠다. 이건 할머니께 드려."

향심이가 인덕이에게 제법 큰 종이봉투를 내밀었다. 인덕이는 고개를 갸우뚱하며 봉투를 열어 보았다.

"이건? 인삼 커피 아닙니까?"

"나랑 미정이랑 돈 모아서 샀다. 그냥 물에 타서 드시면 된다고 말씀드려."

인덕이는 종로 길바닥에 뿌려진 전단지를 본 적이 있었다. 맥스웰하우스라는 회사에서 만든 커피 선전이었다. 커피에 인삼을 섞었는데 맛도 좋고, 건강에도 좋다고 해서 요즘 경성에서 인기였다.

"여기에 꿀을 넣으면 달콤한 탕국이 된대. 신기하지?"

인덕이는 마음을 써 주는 언니들이 고마워서 눈물이 핑 돌았다. 저는 이렇게 언니들을 챙겨 주지 못한 것 같아 미안한 마음도 들었다. 애써 눈물을 참는데 눈치 없는 콧구멍이 씰룩거렸다.

"고마워요. 언니들."

"어서 자자. 자야 내일이 빨리 오지."

향심이가 울 듯 말 듯한 인덕이 얼굴을 보더니 백열등 줄을 당겨 불을 껐다.

베갯머리에 놓아 둔 약봉지와 커피 봉지에서 솔솔 향내가 났다. 인덕이는 몸이 노곤해져 금세 잠에 빠져들었다.

얼마나 잤을까, 잠결에 무슨 소리가 들렸다.

탁탁! 쿵쿵쿵!

문을 두드리는 소리였다. 창밖이 어슴푸레 보이는 걸 보니 아직 새벽인 것 같았다.

"향심아! 어서 일어나!"

옆방에 사는 버스걸이었다. 다급한 목소리였다.

향심이는 제 이름을 알아듣고 문을 열었다. 인덕이도 떠지지 않는 눈을 비비며 일어났다.

"무슨 일이세요? 언니."

"큰일 났어. 어쩜 좋아. 백화점에 불이 났대!"

"네?"

"화신백화점에 큰불이 나서 아주 난리가 났다구. 지금도 타고 있다니까."

옆방 언니는 발을 동동 굴렀다.

'뭐?'

인덕이는 아무 말이 떠오르지 않았다. 잠이 싹 달아났다.

향심이는 이불을 말고 자고 있는 미정이를 흔들어 깨웠다. 그렇게 세 소녀는 손에 잡히는 대로 외투를 꿰어 입고 백화점으로 달렸다.

'미용실은 어떻게 되었을까? 경성소방서에서 불을 껐을까?'

달려가는 동안 인덕이는 가슴이 옥죄어 오는 듯했다. 자꾸 불길한 생각이 들었다.

멀리서도 백화점에 큰불이 났다는 걸 알 수 있었다. 5층이나 되는 높다란 건물에서 검은 연기가 쉼 없이 하늘로 솟아나고 있었다. 매캐한 냄새가 코를 찔렀다.

인덕이는 멈추지 않고 백화점으로 가까이 갔다. 구렁이 혓바닥 같은 불길이 날름날름 백화점을 집어삼키고 있었다. 2층을 넘어 3, 4층까지 불길이 번졌다.

소방차 여러 대와 수십 명의 소방수들이 백화점 주변을 에워쌌지만 소용없었다. 불은 사람들을 비웃기라도 하듯 바람을 타고 옆으로 번져 나갔다.

백화점 안에 상점을 차린 주인들도 소방수와 함께 악을 쓰며 물을 나르고 있었다.

백화점이 타는 것을 보다 정신을 잃고 쓰러지는 사람도 여럿이었다. 인덕이가 백화점을 오가며 인사했던 상인들이었다.

'지옥이 있다면 이런 모습이겠구나.'

인덕이는 지옥 불을 보고 그만 두 다리가 굳어 버렸다.

불구경하겠다는 사람들이 백열등 아래 하루살이처럼 모여들었다. 인덕이는 이리저리 뛰어다니며 불을 보는 사람들 사이에서 이리 치이고 저리 치이고 있을 뿐이었다. 귀마개를 한 것처럼 소리가 먹먹하게 들렸다.

악몽 속에서 소리를 지르지 못하는 것처럼 목구멍이 꽉 막혔다.

그때 귓가에 오엽주의 목소리가 들렸다. 뜨거운 공기를 찢는 소리였다.

"안 돼요! 전 들어가야 합니다. 저 미용실은 제 전부입니다."

손을 뻗으며 불길 속으로 뛰어가려는 오엽주를 소방수 두엇이 붙잡고 있었다.

"이러다 죽습니다. 저리 가세요."

소방수들은 오엽주를 밀어내고 있었다. 오엽주는 소방수를 매섭게 쏘아보았다. 그렇게 불길로 들어가는 것을 포기하는가 싶었다. 하지만 그러다 홱 몸을 돌려 불길로 뛰어들었다.

"사장님! 안 돼요!"

인덕이는 불 속으로 내달리는 오엽주를 쫓았다.

쨍그랑. 콰광!

유리문이 깨지고 건물 한구석이 무너지는 소리가 들렸다. 순간 인덕이의 몸이 움츠러들었다. 불길로 달려들던 오엽주는 금방 소방수들에게 잡혀 끌려 나왔다.

오엽주는 힘없이 바닥에 쓰러졌다. 물과 검댕을 한데 뒤집어쓴 오엽주는 어깨를 들썩거리며 흐느꼈다.

"안 돼. 내 미용실……."

오엽주의 맨발이 애처로워 보였다. 새카만 발바닥은 무엇을 밟았는지 피투성이였다.

"사장님."

그녀를 안아 주려는 인덕이의 손이 벌벌 떨리고 있었다.

"어쩜 좋아. 흐흐윽."

오엽주는 고개를 세차게 흔들며 머리를 쥐어뜯었다.

"사장님!"

향심이와 미정이도 울며 달려왔다. 그렇게 네 명의 여인은 목 놓아 울었다. 하지만 불길은 더 크게 소리 내어 그 울음까지 먹어 치웠다.

큰불이 지나간 자리에는 을씨년스러운 검은 형체만 남았다. 화신미용실은 흔적도 없이 사라졌다.

20. 언 땅에 숨은 봄

인덕이는 산길을 걷고 있었다. 산안개인지 뿌연 김이 인덕이를 감싸고 있었다. 인덕이는 발아래로 한 치도 보이지 않는 답답함 속을 걷고 있었다. 한 걸음 앞으로 걷는데 발이 축축했다. 맨발이었다.

발아래 걸리적거리는 돌의 감촉만 선명하게 살아 있었다. 한 걸음, 한 걸음 힘겨웠다. 하지만 머릿속을 가득 채운 건 어딘가로 가야만 한다는 생각뿐이었다.

더 힘차게 걷고 싶었지만 무엇인가에 힘을 빼앗긴 듯 다리가 점점 후들거렸다.

공기의 흐름이 바뀌고 두터운 안개가 걷힐 때쯤 인덕이는 제 눈으로 발아래를 확인할 수 있었다. 인덕이가 서 있는 곳은 벼랑 끝이었다.

'헉!'

한 발짝이라도 떼었다가는 그대로 저세상이었다.

"인덕아!"

뒤에서 누군가 인덕이를 부르고 있었다. 뒤를 돌아보려다 인덕이는 균형을 잃고 미끄러졌다. 자갈 무더기와 함께 절벽을 나뒹굴었다.

"꺄악!"

외마디 비명과 함께 인덕이는 눈을 떴다.

'꿈이구나.'

인덕이는 목이 말라 대접을 찾아 물을 들이켰다.

잠이 안 와서 밤을 꼬박 새우면, 인덕이는 새벽녘에야 눈을 감을 수 있었다. 그러면 간간이 꿈을 꾸었다. 세상 모든 게 불에 타서 사라지거나, 절벽에서 미끄러지는 꿈이었다.

그렇게 두 달이 넘도록 인덕이는 방에서 꼼짝도 하지 않았다.

"인덕이 일어났으면 옷 입어라."

할머니는 인덕이에게 솜버선과 누빔 두루마기를 챙겨 주었다.

"왜요? 어디 가는데요?"

인덕이는 할머니를 따라나섰다. 인덕이와 할머니는 야트막한 언덕배기에 다다랐다.

"이런 데 뭐가 있다고 나오셨어요?"

"보기에는 허허벌판 같아도 여기 죄다 먹을 거란다."

할머니는 그렇게 말하더니 호미로 언 땅을 두드리기 시작했다. 아직 채 녹지 않은 눈과 얼음이 단단했다.

쪼그려 앉은 할머니 옆으로 인덕이도 앉았다.

"보렴. 이게 꽃다지야."

꽃다지, 된장국에 든 걸 먹을 줄만 알았지 겨울 들판에 널려 있는 줄 몰랐다. 인덕이는 챙겨 온 바구니 안에 꽃다지 한 뿌리를 담았다.

"할머니, 이건 뭐예요?"

"그건 방가지똥이구나. 이렇게 잎을 자르면 찐득하게 나오는 액이 똥색이라 방가지똥이지. 이건 당장 입에는 써도 말려서 약초로 쓸 수 있어."

인덕이는 사실 다 비슷비슷하게 생긴 풀들을 구별하기 힘들었지만, 부지런히 겨울 풀을 캐냈다. 손이 시리다는 생각도 들지 않았다. 풀이 수북해지도록 바구니에 나물을 담았다.

할머니는 땅을 보고 눈짓을 했다.

"힘들면 거기 방석에 앉아."

"예? 방석이 어디 있는데요?"

인덕이는 제 궁둥이 아래를 살폈다. 두리번거렸지만 방석은 없었다.

"겨우내 땅에 딱 붙어서 사는 이런 풀을 방석 풀이라고 부르거든. 그러니 이 언덕 어디에 엉덩이를 대든지 다 방석에 앉는 거지."

"풋, 말 되네요. 재미있어요. 방석 풀."

인덕이는 풀썩 엉덩이를 땅에 붙였다. 다리가 한결 편해졌다.

"겨울에도 살겠다고 땅에 딱 붙어 있는 꽃다지 같은 풀들을 봐라. 죽은 듯 보이지만 얘들은 죽은 게 아니야. 언 땅속에서 봄이 오길 기다리는 거지."

"난 다 얼어 죽은 줄 알았는데……."

"꽃이 피지 않았다고 죽은 건 아니란다. 오히려 삭풍 속에서 꽃을 피우는 어리석은 식물은 없어."

할머니는 호미질을 멈추지 않고 말했다. 인덕이는 늘 묵묵하게 인덕이를 지켜보던 할머니가 왜 저를 이곳에 데리고 나왔는지 알 것 같았다.

"힘드냐?"

인덕이는 할머니 말씀에 고개를 숙이고 끄덕거리기만 했다. 할머니 얼굴을 마주하면 왠지 콧잔등이 시큰시큰할 것 같았다.

"할머니는 힘들 때 어떻게 하셨어요?"

인덕이는 언 땅을 두드리며 할머니에게 물었다.

"널 보고 넘겼지. 네가 울고, 웃고, 조금씩 커 나가는 걸 보고 살았지."

후두둑!

땅을 보는 인덕이 두 눈에서 눈물방울이 떨어졌다. 꽃다지 잎 위에 눈물 자국이 그려졌다.

"나 진짜 사람들한테 인정도 받는 좋은 미용사가 되고 싶었어요. 피나게 노력하면 다 잘될 줄 알았는데…… 할머니 호강도 시켜 주고 싶었는데……."

강둑이 터지듯 흘러나온 굵은 눈물 줄기가 인덕이의 얼굴을 적셨다.

하지만 미용실은 없어졌고, 인덕이의 꿈도 함께 불타 버렸다. 인덕이도 줄기고 잎이고 다 타 버린 풀처럼 지냈다. 두 달 동안 인덕이는 죽은 건 아닌데 그렇다고 살아 있는 것 같지도 않았다.

"어이구, 내 새끼."

할머니가 와락 인덕이를 안았다. 괜찮아, 괜찮아, 할머니의 말에 인덕이는 큰 소리로 실컷 울었다.

눈물을 그친 인덕이가 방석 풀 가득한 언덕을 둘러보았다. 그제야 시린 겨울 하늘 아래 숨죽인 봄이 보였다.

"할머니, 저녁에 우리 된장국 해 먹어요."

바구니를 들고 일어서니 마음에 힘이 생겼다. 인덕이는 할머니 손을 잡고 집으로 내려왔다.

집 앞에 다다랐을 때 사립문 앞에 향심이가 보였다. 오랜만에 만난 향심이는 부쩍 야위어 있었다.

"이거, 얼마 전 미용실에 갔다 찾았어."

방으로 들어온 향심이가 무명 보자기를 인덕이 앞에 내놓았다. 보자기 안에는 인덕이의 노란 공책이 있었다. 아니 이제는 까맣게 타 버린 공책 조각이었다. 지난 일 년의 시간, 타 버린 시간이 보였다.

인덕이는 향심이의 손을 잡았다.

"근데 향심 언니랑 미정 언니는 어떻게 지내고 있어요?"

"미정이는 일본인 미용실에 들어가서 화장 기술을 배우고 있어. 머리 만지는 것보다 화장해 주는 게 더 좋다고 그걸 배울 겸 해서 들어갔지. 난 행상 일 하고 있다."

"행상이라면?"

"기생이나 부잣집 사모님들 집에 가서 머리 만져 주는 거야. 미용실이 없어졌으니까."

이 추운 겨울에 무거운 짐을 들고 이 집 저 집을 떠돌 향심이를 생각하니 인덕이는 가슴이 아려 왔다.

"저도 할 수 있을까요?"

"네가? 행상을 하는 건 험한 일이야. 미용실에서 받는 대접 같은 건 꿈도 못 꿔. 너 같은 귀한 집 아가씨가 할 수 있을까?"

향심이는 고개를 절레절레 흔들었다.

"어떤 귀한 집 아가씨가 돈 한 푼에 그리 벌벌 떤대요?"

"이 동네 사람들이 다들 마님이랑 아기씨 어떻게 하냐고 걱정하더라."

"맞아요, 제 할머니가 엄청 대단한 어른이세요. 이 근동에서 할머니 은혜 한 번 안 입은 사람이 없었대요. 그나저나 사장님한테는 연락 없어요?"

"응, 백화점 상인회 사람들이랑 경시청으로 총독부로 이리저리 돌아다닌다는 말만 들었어."

사장님도 기운을 차렸구나. 인덕이는 안심이 되었다.

인덕이는 머리를 뒤쪽으로 넘기며 향심이를 쳐다봤다. 장난기 그득한 얼굴이었다.

"언니, 제 꿈 기억해요?"

향심이는 인덕이의 물음에 피식 웃었다.

"조선 최고로 돈 많이 버는 미용사. 그런 황당한 답을 잊을 것 같아?"

향심이와 인덕이는 깔깔 웃었다.

"난 빨리 돈 벌어서 할머니 호강시켜 줄 거예요. 평생 주변 사람들 돌봐 주다 정작 당신 몸은 다 고장 났거든요. 그러니까 저도 같이 하게 해 주세요. 제가 끝내주는 보조 미용사 아닙니까."

"암튼, 못 말린다. 쪼그만 게 보기보단 아주 안차단 말이야."

향심이는 눈을 흘기며 인덕이를 보고 있었지만, 그 얼굴에는 미소가 서려 있었다.

향심이가 말한 대로 행상 일은 만만치 않았다.

무거운 짐을 끌고 가서 머리를 해 주려고 하면 어린 인덕이를 보고 퇴짜를 놓기가 일쑤였다. 손님이 머리를 맡기더라도 까다롭게 굴기 시작하면 머리를 하는 것보다 사람 비위를 맞추는 일이 더 고되게 느껴졌다.

조금씩 시간이 지나면서 두 미용사의 실력이 기생들 사이에서 소문이 났고, 경성 여기저기에 있는 음식점과 유곽에서 향심이와 인덕이를 불러 주었다. 하지만 행상 일이었기 때문에 더운물과 인두를 데울 숯불 화로 따위를 미용사가 일일이 준비해야 했다. 누구 하나 떠돌이 미용사를 배려해 주는 사람은 없었다.

게다가 미용실에서 받는 요금에 훨씬 못 미치는 돈을 받고 일을 했기 때문에 차비와 재료비를 빼고 나면 손에 쥐는 돈은 얼마 되지 않았다. 손이 날래지 않았던 인덕이는 향심이보다 벌이가 좋지 않았다. 같이 일을 나가는 날이면 번번이 향심이에게 도움을 받아야 했다.

'세상에 쉬운 게 없구나.'

인덕이는 서촌의 어느 서양식 주택의 초인종을 누르며 속으로 생각했다.

문을 열어 주는 가정부를 따라 집 안으로 들어갔다. 손님이 인덕이만 따로 불러서 홀로 온 것이다. 손님은 주소와 방문 시간을 알려 주었을 뿐, 자기가 원하는 스타일을 밝히지 않았다. 쪽머리를 올릴지, 세발을 할지, 인두를 할지. 인덕이는 이럴 때가 가장 난감했다. 그나마 다행인 것은 살아야 한다는 집념으로 손이 점점 빨라지고 있다는 것이었다.

인덕이는 가정부가 주인을 부르러 간 사이 응접실을 두리번거렸다.

반들반들한 문갑 위에 장구와 북이 놓여 있었고, 그 옆에 가야금과 아쟁 같은 현악기가 차례로 세워져 있었다. 점점 집주인이 누군지 궁금해졌다. 세련된 귀부인이실까, 조선인 벼락부자의 고명딸일까.

"얘?"

인덕이는 등 뒤에서 들리는 사람 목소리에 무엇을 훔치다 들킨 것처럼 어깨를 들썩였다.

"김인덕 양 만나기가 이렇게 힘들구나."

어딘가 익숙한 목소리였다.

"옥……란 양?"

뒤를 돌아본 인덕이는 가슴이 철렁했다.

"꽁꽁 숨어 있길래 나오기만 기다리고 있었는데, 뭐니? 행상으로 미용 일을 하고 있다니."

다짜고짜 자기가 하고 싶은 말부터 하는 습관은 여전했다. 인덕이는 이옥란이 무척 반가웠다. 마치 잃어버린 자매를 다시 본 듯했다.

"너 같은 아이가 미용 일을 행상으로 하고 다니다니……. 낭비다 낭비. 잘나신 네 사장님은 뭘 하고 있는지 모르겠다. 빨리 미용실 다시 열지 않고."

이옥란은 오엽주가 마음에 들지 않는 듯 입을 삐죽거렸다. 그러고는 짙은 밤색 서양식 소파에 인덕이를 끌어다 앉혔다.

미용실이 그렇게 되었으니, 사장님이라고 제정신이었겠느냐, 말하려다 인덕이는 입을 다물었다. 잿더미 속으로 사라진 화신미용실 이야기를 굳이 꺼내고 싶지는 않았다.

"그나저나 어떻게 저를 부르셨습니까? 제 실력이 벌써 옥란 양 귀에까지 들어간 건가요?"

인덕이는 웃으며 너스레를 떨었다.

마침 가정부가 녹차와 동그란 센베 과자를 내왔다. 센베는 쌀가루로 만든 납작한 반죽을 구워 낸 일본 과자였다.

"밖에서 고생을 하더니 말주변이 좋아졌구나. 농담도 할 줄 알고."

이옥란은 녹차를 호로록 마셨다.

"계속 행상을 할 생각이니?"

"지금은, 일단 돈을 벌어야 하니까요."

인덕이도 찻잔을 들었다. 따뜻한 기운이 잔을 든 손가락에 전해졌다.

"돈을 내가 좀 주면 어떠니. 아, 물론 공짜는 아니야. 가끔이라도 내 머리를 해 줘. 개인적인 일이 있을 때 집으로 오면 좋겠어."

인덕이는 옥란의 말을 듣자마자 고개를 끄덕였다. 기분 좋은 웃음이 새어 나오려 했다. 하지만 이옥란 같은 인기 가수는 벌써 전속 미용사를 두었을 터였다. 저만 좋자고 이 일을 해도 상관없을지 인덕이는 갑자기 헷갈렸다. 이옥란이 인덕이의 생각을 읽기라도 한 것처럼 말을 덧붙였다.

"전속 미용사는 걱정 마. 내가 개인적인 일로 널 부르는 거니까."

인덕이는 그제야 마음 편히 고개를 끄덕였다. 진심으로 이옥란의 머리를 다시 해 보고 싶었다. 이옥란이 자길 다시 불러 주다니, 인덕이는 허덕허덕 애써서 키워 보려 했던 자신의 꿈에 작은 불씨가 와 닿는 기분이 들었다.

"그런데, 옥란 양, 왜 이렇게 제게 잘해 주시나요?"

갑자기 인덕이가 궁금해져서 물었다.

"흥! 난 너한테 특별히 잘해 주는 거 없다. 난 너랑 언니, 동생할 마음 없어. 일하자고. 일!"

이옥란은 콧방귀를 세차게 끼고는 팔을 엇걸었다. 인덕이는 이옥란을 봐서라도 더 분발해야겠다는 생각을 했다. 무심한 듯한 그녀의 응원 소리가 인덕이의 가슴을 두드렸기 때문이다.

21. 할머니는 단발랑

인덕이는 부들부들 떨리는 손으로 붓방아를 찧었다.

"뭐 얼마나 거창하게 이름을 지으려고 그래?"

향심이가 채근했다. 모르는 말씀이다. 간판이 얼마나 중요한데.

인덕이는 콧속 깊숙이 숨을 들이마셨다. 그리고 한 자 한 자 정성을 들여 천에 글씨를 썼다.

화신미용실 헤아-쇼

1935년 3월 1일

"헤아◆쇼, 이름 참 좋네!"

향심이와 미정이가 장대에 천을 걸었다.

헤아쇼는 인덕이와 향심이, 미정이가 모여 야심차게 준비한 행

◆ 헤어(hair)의 일본식 발음.

사였다. 서양에는 사람을 세워 놓고 옷과 머리를 보여 주는 '쇼'라는 것이 있다는 걸 이옥란에게 듣고 인덕이가 생각해 낸 것이다. 미용사들이 머리칼을 자르고, 파마하는 것을 사람들에게 보여 주고, 미정이 같은 화장 기술자가 화려한 화장도 해 주면서 화신 미용실을 세간에 다시 알리려는 목적이었다.

행상을 하면서 단골이 되어 준 기녀 둘이 무대에서 머리를 하기로 했다. 기녀들은 백화점의 마네킹걸처럼 완벽한 머리와 화장을 해서 사람들에게 보여 주자며 자기 일처럼 나섰다. 어찌나 흥에 찼는지, 풍물패를 데리고 오겠다는 걸 겨우 막았다.

지난봄 공짜 미용실에서 만난 아이들은 헤아쇼를 선전하는 방을 종로 여기저기에 붙여 주었다. 인력거꾼이 되겠다던 소년은 아버지에게 졸라 인력거에 선전지를 붙였다.

인덕이의 이웃집에 사는 수원 아저씨는 빨간 융단을 빌려 와 바닥에 깔았다. 주재소 직원에게 거나하게 술을 샀다면서, 인맥은 이럴 때 쓰는 거라고 했다. 아저씨는 내내 싱글벙글했다.

아직도 시커먼 모습을 한 화신백화점 건너편 공터에 제법 그럴듯한 무대가 만들어졌다. 화신백화점에 가게를 차렸던 상인들이 이 공터에 천막을 치고 장사를 한 지도 몇 달이 되었다. 다시 장사를 할 방법을 찾던 오엽주도 흔쾌히 헤아쇼 일에 나섰다. 오엽주의 부탁으로 상인들은 쉬는 날에 공터를 쓰게 해 주었다.

분주하게 무대를 준비하는 모습에 사람들이 한둘씩 모여들기 시작했다. 그러자 조선 사람들이 모이는 것을 수상하게 여긴 순사들 몇 명이 무대 주변을 살폈다. 구석에 서 있던 오엽주가 냉큼 순사들에게 다가갔다.

"얼마 안 되지만, 잘 봐주십시오."

오엽주는 특유의 환한 미소를 지으며, 두툼한 지폐를 슬쩍 순사들에게 건넸다. 손사래를 치던 순사들은 못 이긴 척 받아 들고 자리를 떴다.

곧 미정이가 인사를 했다. 상냥한 목소리 끝이 가늘게 떨렸다.

"안녕하세요. 저희는 화신미용실 미용사입니다. 여러분에게 경성에서 유행할 모단◆한 스타일을 선뵈고자 이렇게 나왔습니다."

단출한 시작이었다.

미정이가 소개를 마치자 기녀들의 가야금 선율이 이어졌다. 이어 무대에 의자와 미용 도구들, 거울이 놓이고 헤아쇼가 시작되었다.

기녀들이 의자에 앉았다. 한 명은 어깨선에 닿는 긴 머리, 한 명은 목덜미가 드러나는 짧은 머리였다. 인덕이와 향심이는 지체하지 않고 손을 놀렸다. 기녀들의 머리칼을 정리하고, 바로 인두질을 시작했다.

이제 인덕이는 인두질이라면 자신이 있었다. 무엇에 홀린 듯 짧은 머리에 구불구불한 모양을 재빨리 만들었다. 인두가 손에 붙

◆ 모던(modern)의 일본식 발음.

어 있는 것처럼 착착 소리를 내며 움직였다. 겨우내 끼니도 제때 챙기지 못하고 행상 일을 한 보람이 느껴졌다.

뜨거운 인두로 머리칼을 지지는 미용사들의 모습에 사람들은 탄성을 질렀다. 파마가 무엇인지 몰랐던 사람들은 기녀들의 머리 모양이 바뀐 것을 보고 침을 꿀꺽 삼켰다.

“이게 바로 요즘 서양에서 유행하는 파마입니다. 열로 이렇게 머리를 지지면 인상이 훨씬 부드러워 보이지요. 어때요, 세련됐지요?”

미정이가 파마하는 과정을 설명해 주었다. 사람들이 손뼉을 쳤다. 길을 지나가던 사람들, 공터에 왔던 사람들이 다른 사람들 소리를 듣고 발을 멈추었다. 사람이 사람을 부르고 있었다. 어느새 제법 인파가 몰렸다.

“자, 그럼 여기 계신 분 중에 단발로 자르시거나 파마를 할 분 계십니까?”

미정이는 이때다 싶어 웃으며 관중을 휘둘러보았다.

쉬이익.

찬바람이 무대를 흔들며 지나갔다.

미정이의 말에 손을 드는 사람이 아무도 없었다. 인덕이는 너무 조용해서 당황했다. 미용사와 눈이 마주칠까 슬금슬금 뒤로 발을 빼는 여인들도 있었다. 부자연스러운 눈길로 하늘만 올려다보는 사람도 눈에 띄었다.

잠깐의 고요함은 무대를 싸늘하게 만들었다. 인덕이는 누구든 나서 주기만 바랐다.

그때 누군가 손을 들었다.

"나 좀 해 주소."

사람들 사이에서 왜소한 체구의 노부인이 걸어 나왔다. 인덕이는 멀리서 걸어오는 사람을 단번에 알아봤다. 할머니! 인덕이 할머니였다.

인덕이는 입을 떡 벌리고 할머니를 바라보았다.

"내 머리를 모단하게 만들어 주구려."

할머니는 하얀 토끼털 배자를 입고 무대에 올랐다. 돈이 되는 옷가지며 장신구는 다 내다 팔고 이제 딱 한 벌 남은 비단 한복과 털배자였다.

할머니는 성큼성큼 인덕이 앞에 섰다.

"마님 아니야?"

"어디, 맞네. 김 대감댁 안방마님."

"누구야?"

"몰라, 유명한 사람인가 봐."

모여 있는 사람들이 웅성웅성했다. 할머니를 아는 사람은 알아봐서 수군거렸고, 모르는 이는 몰라서 소곤거렸다.

"웬 노인네가 나서서, 내 참……."

누군가 혀를 끌끌 찼다. 그러자 수원 아저씨가 성난 듯 목청을 높였다.

"입조심하시오. 저분은 김영직 대감댁 안방마님이시오."

인덕이 할아버지는 단발을 감행한 후, 일본 제국의 신하가 되기는커녕 미리 알게 된 정보를 통해 몰래 독립운동을 도왔다. 인덕이의 아버지와 어머니가 만주로 떠난 것도 그즈음이었다.

또 인덕이 할아버지는 일제가 조선인들의 땅을 빼앗으려 할 때는 문중의 산과 들은 모두 문중 사람들의 몫이라고 그들 앞으로 돌려주었다. 그 바람에 인덕이 할아버지는 불온 세력으로 찍혀 눈을 감기 전까지 경시청이며 총독부에 끌려다녀야 했다. 신문에도 여러 번 실려 사람들 입에 오르내렸다.

인덕이 할머니 역시 종로는 마지막 남은 조선 상인의 자존심이라고 종로 상인회에 자기 몫의 사재를 내놓았다. 그러니 적어도 종로 사람이라면 그 이름을 어디서고 한 번은 들어 봤을 터였다.

"아이고, 귀한 머리채를 어쩌시려고."

아저씨 옆에서 수원 아주머니는 할머니를 보고 눈물을 찍어 내었다. 오엽주 역시 마님의 마음을 짐작하고 두 손을 가슴에 모았다.

할머니는 인덕이 옆에 있는 빈 의자에 앉았다. 그리고 스스로 비녀를 뺐다. 은백색 쪽머리가 후두두 내려왔다.

"미용사 선생, 나도 단발랑◆으로 만들어 주시오."

◆ 단발한 젊은 여자.

인덕이는 놀라서 아무 말도 할 수 없었다.

무대 가장자리에서 사회를 보던 미정이가 목소리를 높였다.

“어르신. 어떻게 이 자리에 나오실 생각을 하셨습니까?”

“내 살 날 얼마 안 남은 노인네지만, 나도 한번 새롭게 살아 보고 싶소. 머리칼이 길든, 짧든, 자기 의지대로 힘차게 사는 여러분 같은 조선 여성을 보니 나도 한번 해 보자 싶어요. 혹시 단발랑이 되긴 너무 늦었나요?”

“정말 단발을 하고 싶으세요?”

“그럼요, 그 빠마랑 화장도 해 주시오. 흠흠.”

할머니가 재치 있게 헛기침을 했다.

모여 있는 사람들 사이에서 웃음소리가 들렸다.

가야금 선율은 어느새 흥겨운 가락으로 바뀌어 있었다. 북적이는 소리에 세 겹, 네 겹으로 사람들이 더 모였다.

사람들은 숨을 죽이며 인덕이를 보고 있었다.

“할머니 머리 멋지게 해 주세요.”

“역시 대단하시네. 노마님!”

시작도 하기 전에 관객 사이에 호응이 일었다.

그때였다. 서 있는 사람들 속에서 웬 노인이 소리를 쳤다.

“안 됩니다! 마님!”

거친 쉿소리 섞인 노인의 목소리가 나는 쪽으로 사람들의 시선이 일제히 몰렸다.

"세상이 뒤집혀도 유분수지. 어찌 단발을 한다는 말씀을 그리 쉽게 하십니까?"

노인은 비록 누덕누덕한 두루마기 차림이었지만, 예를 갖춘 모습이 선비처럼 보였다. 노선비는 다리가 불편한지 지팡이를 짚고 천천히 할머니 앞에 걸어 나왔다.

헤아쇼를 보던 사람들이 웅성거렸다. 인덕이와 향심이, 미정이 모두 적잖이 당황했다.

할머니는 노선비를 보더니 한숨을 쉬었다. 아는 얼굴인 모양이었다.

"말씀을 거두십시오. 단발이라니요! 지하에 계신 대감께서 통곡하실 일입니다."

노선비가 할아버지까지 들먹거리니 할머니도 표정이 변했다.

"나도 선비님과 생각이 다르지 않았습니다. 머리칼을 지키는 것은 곧 조선을 지키는 일이라고 여겼지요."

할머니는 의자에서 일어나 노선비와 얼굴을 마주했다.

"하지만 정작 조선 땅에 사는 우리 아이는 꿈을 갖지도, 좇지도 못하더이다. 난 아이 생각은 하지도 않고, 나라 생각만 했지요. 조선을 위해 할 일, 조선을 위해 하면 안 되는 일 운운하면서 말이오."

할머니의 말에 노선비는 희끗한 수염을 쓰다듬으며 눈을 감았다. 할머니가 말을 이었다.

"내 머리칼을 자르는 것이 여기 있는 젊은이들이 자기 꿈을 이루는 데 조금이라도 도움이 된다면, 나는 백 번이라도 나설 겁니다. 꿈을 가지고 튼튼하게 자란 조선의 아이가 어른이 되어 조선이란 이름을 되찾아 줄지 누가 압니까? 나는 그 세상을 간절히 기다립니다. 우리 아이들이 자기 꿈을 이루기 위해 공평하게 노력하고 경쟁하는 세상, 그리고 자기가 원하는 바를 결국 이루어 내는 세상 말입니다."

선비는 그제야 눈을 번쩍 떴다.

할머니는 하늘 저편에 걸린 현수막을 하염없이 보고 있었다. 노선비는 할머니의 시선을 좇았다.

'화신미용실 헤아쇼, 1935년 3월 1일.'

이슬이 맺힌 할머니의 눈가를 보았을까? 선비는 고개를 푹 숙였다.

"그러니, 나는 여기 미용사 선생 손에 단발을 좀 해야겠소."

할머니는 다시 의자에 앉았다.

"인덕아, 어서."

할머니가 인덕이에게 속삭였다.

"할, 할머니……."

할머니의 마음을 다 알게 된 인덕이의 눈이 그렁그렁했다.

"잠깐만!"

노선비가 한 번 더 소리를 쳤다.

그러자 모여 있던 사람들이 웅성거렸다. 야유를 보내는 사람도 있었고, 노선비를 향해 혀를 차는 사람도 있었다.

"나, 나도 잘라 주시오."

이렇게 말하며 선비가 갑자기 갓을 벗었다. 백발의 상투가 모습을 드러냈다.

"마님 말씀이 옳은 것 같습니다. 그러니 이 늙은이도 가만히 있지 않겠습니다."

그러더니 향심이 앞에 있는 빈 의자에 척 하니 앉는 것이 아닌가? 예상치 못한 전개에 향심이는 당황해서 주위를 두리번거렸다. 사람들 사이에도 일순간 정적이 일었다. 하지만 그것은 아주 잠깐이었다.

"역시 큰 마님 배포는 경성 제일 아닌가?"

"에이, 조선 제일이지!"

누군가 큰 소리로 말하자 조용히 지켜보던 객석의 사람들이 와르르 웃음을 터뜨렸다. 그 말에 동조하듯 여기저기에서 손뼉 치는 소리가 우레처럼 들렸다. 휘파람을 부는 이도 있었다.

그러면서 관객석에 있는 사람들이 일제히 손을 치켜들었다.

"나도 잘라 주시오!"

"여기도 있소!"

"저부터요!"

무대에서 본 사람들의 손짓은 한꺼번에 핀 꽃을 보는 듯 아름다웠다.

인덕이는 울어야 할지, 웃어야 할지 몰라 아랫입술만 깨물고 있었다.

"너, 울다가 웃으면 어떻게 되는 줄 알지?"

할머니에 의자에 앉아 인덕이를 돌아봤다.

"피잇."

인덕이에게서 바람 빠지는 웃음소리가 났다.

인덕이는 옆으로 고개를 돌려 향심이 쪽을 쳐다보았다. 향심이 역시 가위를 들고 인덕이를 기다리고 있었다. 향심이는 노선비 뒤에서 조금은 난처한 듯한 표정으로 어깨를 들썩였다.

인덕이는 코를 훌쩍이며 가위를 잡았다. 어깨에 힘 빼고, 고개를 일자로 쳐들고, 할머니의 머리칼을 응시했다.

단발을 한 할머니의 모습이 마음속에 조금씩 그려졌다.

'내가 할머니를 봄꽃처럼 어여쁘게 만들어 드리자. 그리고 할머니와 함께 나아가자. 새로운 날이 기다리고 있어.'

"손님, 저는 경성 최고 화신미용실의 미용사 김인덕입니다."

인덕이는 할머니에게 허리 숙여 인사했다. 그리고 할머니 뒤에서서, 하늘을 올려다보았다. 구름이 어디로 갔는지 하늘이 파랬다. 봄볕이 인덕이와 할머니 머리 위로 쏟아지고 있었다. 봄, 봄이었다.

작가의 말

학창 시절에 집에서 학교까지 혼자 걸어 다닐 때면 머릿속으로 온갖 이야기를 지어냈다. 그렇게 중얼거린 이야기를 집에 와서 스프링 연습장에 몽땅 적었다.

그때 작가가 되기로 결심했을까?

아니, 난 내 글이 부끄럽고 창피해서 아무도 모르게 감추어 놓았다. 작가는 아무나 하는 게 아니라고 생각했다.

그 후 숱한 선택과 포기를 했다. 그리고 셀 수 없이 많은 핑계를 찾았다. 할 수 있는 이유를 찾는 것보다는 할 수 없는 이유를 대는 게 더 쉬웠다.

1934년의 봄, 한 소녀도 비슷하다. 인덕이는 집이 가난해서, 부모님이 없어서, 학교를 많이 못 다녀서, 무수한 이유를 대며 꿈에 대해 생각조차 해 보지 않은 열네 살 소녀다.

인덕이는 화신미용실 사장 오엽주를 만나면서 비로소 자신이 원하는 것에 대해 생각한다. 새로운 경험을 하고, 희열과 좌절이라는 낯선 감정을 느끼며 꿈의 정체를 파악한다. 그리고…… 꿈을 향해 여지없이 달려 나간다.

이 이야기는 흔하디흔한 청소년기의 꿈 이야기다. 하지만 꿈을 가지라고, 그걸 위해 달리라고, 노력해서 이루라고 말하는 것은 아니다.

나는 인덕이 삶의 긴 여정 속 아주 짧은 순간을 그렸을 뿐이다. 다만 거기에 인덕이를 둘러싼 무엇인가가 있음을 보여 주고 싶었다. 그래서 글을 쓰는 동안 우주를 떠다니는 수많은 입자, 보이지 않는 그것들의 화학반응과 에너지가 인덕이 주위에서 인덕이의 등을 밀어 주는 광경을 상상했다.

오엽주와의 우연한 만남은 운명적인 만남이 되고, 인덕이의 단상은 훗날 인덕이가 각성하는 밑거름이 되어 준다. 물론 그 짧은 순간에 좋은 일과 나쁜 일은 쉴 새 없이 일어난다.

사실 현재의 우리 삶에도 비슷한 일들이 벌어진다. '우연'이라는 이름의 사건은 우주의 입자들 사이의 작은 에너지가 모이고 모여서 벌어지는 필연적 과정일지도 모르겠다.

하고 싶은 게 뭔지 몰라 괴로울 때, 하고 싶은 이유보다는 해서는 안 되는 이유를 찾고 있을 때, 누구든 조금만 톡 하고 건드려 주면 더 잘하겠다 싶을 때, 사람들 모두 그런 때를 거치며 살고 있다. 그럴 때 당신을 둘러싼 우주의 모든 입자가 당신을 밀어 줄 준비를 하고 있다는 상상이 독자님들에게 작은 웃음과 용기를 드렸으면 좋겠다. 인덕이가 그런 기운을 받고 나아갔던 것처럼.

끝으로 아직 작고 보잘것없는 이야기 주머니에서 나온 글을 끝까지 읽어 주신 독자님들에게 감사드린다. 특히 사랑했지만 지독

하게 힘들었던 나의 사춘기와 비슷한 시기를 보내는 청소년 독자님들에게 진심 어린 응원을 함께 보내 드리고 싶다.

*

개인적인 인사를 덧붙입니다.

《경성 최고 화신미용실입니다》 속 인덕이의 이야기에 무한한 사랑과 관심을 보내 주신 한정영 선생님께 감사와 존경의 마음을 전합니다. 선생님 덕분에 저는 '청소년 소설'이라는 각별한 세계를 경험했습니다.

막 배운 글, 또박또박 써 나가겠습니다.

이호영

오늘의
청소년
문학
34

다른 포스트

뉴스레터 구독신청

경성 최고 화신미용실입니다

초판 1쇄 2021년 10월 12일
초판 4쇄 2023년 4월 23일

지은이 이호영
펴낸이 김한청
기획편집 원경은 차언조 양희우 유자영 김병수 장주희
마케팅 현승원
디자인 이성아 박다애
운영 최원준 설채린

펴낸곳 도서출판 다른
출판등록 2004년 9월 2일 제2013-000194호
주소 서울시 마포구 양화로 64 서교제일빌딩 902호
전화 02-3143-6478 팩스 02-3143-6479 이메일 khc15968@hanmail.net
블로그 blog.naver.com/darun_pub 인스타그램 @darunpublishers

ISBN 979-11-5633-419-4 (44810)
978-89-92711-57-9 (세트)

* 이 도서는 한국출판문화산업진흥원의 '2021년 우수출판콘텐츠 제작 지원' 사업 선정작입니다.

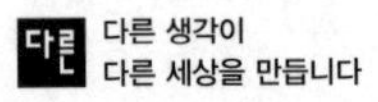